O último dia de um condenado

Victor Hugo

O último dia de um condenado

Tradução
Joana Canêdo

9ª edição

Estação Liberdade

Título original: *Le Dernier jour d'un condamné*

REVISÃO Flávia Cristina Moino e Sylmara Beletti
COMPOSIÇÃO Johannes C. Bergmann / Estação Liberdade
ILUSTRAÇÃO E PROJETO GRÁFICO DE CAPA Natanael Longo de Oliveira

CIP-BRASIL. CATALOGAÇÃO NA PUBLICAÇÃO
SINDICATO NACIONAL DOS EDITORES DE LIVROS, RJ

H889u

Hugo, Victor, 1802-1885
O último dia de um condenado / Victor Hugo ; tradução Joana Canêdo. - São Paulo : Estação Liberdade, 2018.
200 p. ; 21 cm.

Tradução de: Le dernier jour d'un condamné
ISBN 9788574480664

1. Romance francês. I. Canêdo, Joana. II. Título.

18-51687 CDD: 843
CDU: 82-31(44)

Meri Gleice Rodrigues de Souza - Bibliotecária CRB-7/6439

08/08/2018 10/08/2018

ESTE LIVRO, PUBLICADO NO ÂMBITO DO PROGRAMA DE PARTICIPAÇÃO À PUBLICAÇÃO, CONTOU COM O APOIO DO MINISTÉRIO FRANCÊS DAS RELAÇÕES EXTERIORES

Esta publicação segue as normas do Acordo Ortográfico da Língua Portuguesa, Decreto nº 6.583, de 29 de setembro de 2008.

EDITORA ESTAÇÃO LIBERDADE LTDA.
Rua Dona Elisa, 116 | Barra Funda
01155-030 São Paulo – SP | Tel.: (11) 3660 3180
www.estacaoliberdade.com.br

SUMÁRIO

NOTA DO EDITOR

As notas assinaladas com números são originais de Victor Hugo. As assinaladas com asteriscos foram livremente inspiradas em Roger Borderie (ed.). In: Victor Hugo: *Le Dernier jour d'un condamné*. Paris, Gallimard/Folio, 2000, ou são da tradutora [N.T.].

Uma comédia a propósito de uma tragédia*

Prefácio de 1829

Personagens:

A SENHORA DE BLINVAL

O CAVALEIRO

ERGASTE

UM POETA ELEGÍACO

UM FILÓSOFO

UM SENHOR GORDO

UM SENHOR MAGRO

MULHERES

UM LACAIO

* Consideramos que deveríamos reimprimir aqui este tipo de prefácio em forma de diálogo que leremos a seguir e que acompanhava a terceira edição de *O último dia de um condenado*. Ao lê-lo, é preciso lembrar-se das objeções políticas, morais e literárias que cercavam as primeiras edições deste livro. (Nota da edição de 1832).

UM SALÃO

UM POETA ELEGÍACO, *lendo*

(...)
Ao amanhecer, passos cortavam os campos,
Ao longo do rio, ladrando, errava um cão
Quando a bela donzela em prantos
Retirou-se, de pesar cheio o coração,
Para a velha torre do antigo castel,
Ouviu as águas gemerem, triste Isabela,
E não mais escutou a charamela
Do gentil menestrel!

TODO O AUDITÓRIO

Bravo! Encantador! Sublime!

Aplaudem.

A SENHORA DE BLINVAL

Existe neste final um mistério indefinível que arranca lágrimas dos olhos.

O POETA ELEGÍACO, *modestamente*

A catástrofe está dissimulada.

O CAVALEIRO, *abanando a cabeça*

Charamela, menestrel, é puro romantismo isso!

O POETA ELEGÍACO

Sim, senhor cavaleiro, mas é um romantismo racional, o verdadeiro romantismo. O que espera? Às vezes é preciso fazer certas concessões.

O CAVALEIRO

Concessões! Concessões! É assim que perdemos o gosto. Eu daria todos os versos românticos por apenas esta quadra:

Pelo Pindo e por Citera,
Gentil Bernardo* soubera
Que viria a Arte de Amar
Com a Arte de Aprazer cear

Eis a verdadeira poesia! A *Arte de Amar que vem cear com a Arte de Aprazer*! Eis que é belo! Mas hoje é a *charamela*, o *menestrel*. Não se fazem mais *poesias fugazes*. Se eu fosse poeta, faria *poesias fugazes*: mas eu, eu não sou poeta.

O POETA ELEGÍACO

Contudo, as elegias...

O CAVALEIRO

Poesias fugazes, meu senhor. (*Baixo, à senhora de Blinval:*) Além do quê, não se diz *castel*; o correto é *castelo*.

* Pierre-Auguste Bernard (1708-1775), apelidado de Gentil-Bernard, poeta libertino que caiu nas graças da Madame de Pompadour. [N.T.]

ALGUÉM, *ao poeta elegíaco*

Uma observação, senhor. O senhor diz *antigo castel*, por que não *gótico*?

O POETA ELEGÍACO

Não se diz *gótico* em versos.

O ALGUÉM

Ah! Então é diferente.

O POETA ELEGÍACO, *continuando*

O senhor entende, é preciso se conter. Não sou desses que querem desorganizar o verso francês e voltar à época dos Ronsards e dos Brébeufs. Sou romântico, mas moderado. É como nas emoções. Eu as quero doces, sonhadoras, melancólicas, mas nunca sangue, nunca horrores. Dissimular as catástrofes. Sei que existem pessoas, loucos, com a imaginação em delírio que... Por exemplo, senhoras, leram o novo romance?

AS SENHORAS

Qual romance?

O POETA ELEGÍACO

O último dia...

O SENHOR GORDO

Basta, senhor! Sei o que o senhor quer dizer. O título é suficiente para me fazer mal aos nervos.

A SENHORA DE BLINVAL

A mim também. É um livro abominável. Eu o tenho aqui.

AS SENHORAS

Vejamos, vejamos.

O livro é passado de mão em mão.

ALGUÉM, *lendo*

O último dia de um...

O SENHOR GORDO

Por bondade, senhora!

A SENHORA DE BLINVAL

De fato, é um livro abominável, um livro que provoca pesadelos, um livro que deixa doente.

UMA MULHER, *baixo*

Vou precisar ler isso.

O SENHOR GORDO

É preciso convir que os costumes estão se depravando a cada dia. Meu Deus, que ideia horrível! Esmiuçar, remexer, analisar, um depois do outro, sem deixar nem um escapar, todos os sofrimentos físicos, todas as torturas morais que deve suportar um homem condenado à morte, no dia de sua execução! Isso não é atroz? Podem compreender, senhoras, que tenha havido um escritor para tal ideia? E um público para tal escritor?

O CAVALEIRO

Eis com efeito o que é sobejamente impertinente.

A SENHORA DE BLINVAL

Mas quem é esse autor?

O SENHOR GORDO

Não havia nome na primeira edição.

O POETA ELEGÍACO

É o mesmo que já fez dois outros romances... Ora vejam, esqueci os títulos. O primeiro começa no necrotério e acaba na Grève.* Em cada capítulo tem um ogro que come uma criancinha.

O SENHOR GORDO

O senhor leu isso?

O POETA ELEGÍACO

Sim, senhor: a cena se passa na Islândia.

O SENHOR GORDO

Na Islândia? É aterrorizante!

O POETA ELEGÍACO

Ele fez além disso odes, baladas, não sei mais o quê, em que há monstros com os *corpos de piche*.

---

* *Han de Islândia*, 1823. A Grève é a praça no centro de Paris onde se faziam as execuções. [N.T.]

O CAVALEIRO, *rindo*

Vixe! Isso deve dar um tremendo verso.

O POETA ELEGÍACO

Ele também publicou um drama — chamam a isso um drama — no qual encontramos este lindo verso:

Amanhã vinte e cinco de junho de mil seiscentos e cinquenta e sete.*

ALGUÉM

Ah! Esse verso!

O POETA ELEGÍACO

Ele pode ser escrito em números, como podem ver, minhas senhoras:

Amanhã, 25 de junho de 1657.

Ele ri. Todos riem.

O CAVALEIRO

É algo de peculiar a poesia do presente.

O SENHOR GORDO

Pois sim! Ele não sabe versificar, esse nosso homem! Como é que ele se chama mesmo?

---

* Trata-se do primeiro verso de *Cromwell*. (Cf. Roger Borderie, Ed.: in Victor Hugo: *Le Dernier Jour d'un condamné*. Paris, Gallimard/Folio, 2000, p. 26). [N.T.]

O POETA ELEGÍACO

Ele tem um nome tão difícil de se lembrar quanto de se pronunciar. Tem algo de godo, de visigodo, ostrogodo no meio.

Ele ri.

A SENHORA DE BLINVAL

É um homem vil.

O SENHOR GORDO

Um homem abominável.

UMA MOÇA

Alguém que o conhece me disse...

O SENHOR GORDO

A senhora conhece alguém que o conhece?

A MOÇA

Sim, e que diz que é um homem doce, simples, que vive afastado do mundo, e passa os dias a brincar com seus filhos.

O POETA ELEGÍACO

E as noites a sonhar obras de modo lúgubre. Que coisa curiosa: fiz naturalmente um verso! Pois é de fato um verso:

E as noites a sonhar obras de modo lúgubre.

E tem uma boa cesura. Falta apenas encontrar a outra rima. Deus meu! *Fúnebre...*

A SENHORA DE BLINVAL

*Quidquid tentabat dicere, versus erat.**

O SENHOR GORDO

A senhora dizia então que o autor em questão tem crianças. Impossível, senhora. Quando se escreve tais coisas! Um romance atroz!

ALGUÉM

Mas esse romance, com que objetivo ele o fez?

O POETA ELEGÍACO

E como eu haveria de saber?

UM FILÓSOFO

Ao que parece, com o objetivo de contribuir para a abolição da pena de morte.

O SENHOR GORDO

Um horror, eu lhes digo!

O CAVALEIRO

Ora! É portanto um duelo contra o carrasco?

O POETA ELEGÍACO

Ele antipatiza terrivelmente com a guilhotina.

* Tudo o que ele tentava dizer estava em versos. Segundo Roger Borderie (*op. cit.*), é o que Ovídio dizia de si mesmo, atendendo à facilidade que tinha para versificar. [N.T.]

UM SENHOR MAGRO

Dá para ver daqui. Declamações.

O SENHOR GORDO

Absolutamente. Há apenas duas páginas nesse texto sobre a pena de morte. Todo o resto, são apenas sensações.

O FILÓSOFO

Eis o erro. O assunto merecia a racionalidade. Um drama, um romance, não provam nada. E depois, eu li o livro, é ruim.

O POETA ELEGÍACO

Detestável! Seria isso arte? Isso é ultrapassar os limites, é não ter a mínima consideração. Se pelo menos eu conhecesse o tal criminoso! Mas nem isso. O que ele fez? Ninguém sabe. De repente é um sujeito da pior qualidade. Ninguém tem o direito de fazer-me ter interesse por alguém que não conheço.

O SENHOR GORDO

Ninguém tem o direito de fazer o leitor experimentar sofrimentos físicos. Quando assisto a tragédias, as pessoas se matam, mas e aí? Isso não me faz nada. Mas esse romance, ele nos eriça os cabelos, ele nos causa arrepios, ele nos provoca pesadelos. Fiquei de cama dois dias, depois de tê-lo lido.

O FILÓSOFO

Acrescente a isso que é um livro frio e afetado.

O POETA ELEGÍACO

Um livro!... Um livro!...

O FILÓSOFO

Sim. E como o senhor dizia ainda há pouco, caro poeta, não há ali nenhuma verdadeira estética. Não me interesso por uma abstração, por uma ideia pura. Não vejo ali nenhuma personalidade que se adapte à minha. E depois, o estilo não é nem simples nem claro. Exala arcaísmo. Não é isso mesmo que o senhor dizia?

O POETA ELEGÍACO

Sem dúvida, sem dúvida. Não precisamos de alusões ofensivas.

O FILÓSOFO

O condenado não é interessante.

O POETA ELEGÍACO

Como poderia interessar? Cometeu um crime e não sente remorsos. Eu teria feito totalmente ao contrário. Teria contado a história do meu condenado. Nascido de pais honestos. Uma boa educação. Amor. Ciúme. Um crime que não é um crime. E depois remorsos, remorsos, muitos remorsos. Mas as leis humanas são implacáveis: ele deve morrer. E então eu teria tratado a minha questão da pena de morte. E já não era sem tempo.

A SENHORA DE BLINVAL

Ah! Ah!

O FILÓSOFO

Perdão. O livro, como o senhor o concebe, não provaria nada. O particular não rege o geral.

O POETA ELEGÍACO

E então? Ainda melhor. Por que não ter escolhido como herói por exemplo... Malesherbes, o virtuoso Malesherbes? Seu último dia? Seu suplício? Aí sim! Belo e nobre espetáculo! Eu teria chorado, teria estremecido, teria desejado subir ao cadafalso com ele.

O FILÓSOFO

Eu não.

O CAVALEIRO

Nem eu. Era um revolucionário, no fundo, esse seu senhor de Malesherbes.

O FILÓSOFO

O cadafalso de Malesherbes não prova nada contra a pena de morte em geral.

O SENHOR GORDO

A pena de morte! Para que se ocupar dela? Que diferença faz para o senhor a pena de morte? Esse autor deve ser bem mal-nascido para vir-nos agora provocar pesadelos com seu livro!

A SENHORA DE BLINVAL

Ah sim! Um homem de coração perverso.

O SENHOR GORDO

Ele nos força a olhar dentro das prisões, nos campos de trabalhos forçados, no Bicêtre.* É extremamente desagradável. Sabe-se muito bem que são cloacas. Mas o que importa à sociedade?

A SENHORA DE BLINVAL

Aqueles que fizeram as leis não eram crianças.

O FILÓSOFO

Ah! Entretanto... apresentando as coisas por seu lado verdadeiro...

O SENHOR MAGRO

Pois é justamente o que falta: a verdade. O que o senhor espera que um poeta saiba dessa espécie de assunto? Seria preciso ser pelo menos procurador do rei. Veja: li em uma resenha de jornal sobre esse livro que o condenado não diz nada quando lhe leem sua sentença de morte! Pois eu, eu vi um condenado que, nesse exato momento, soltou um enorme berro. Como podem ver...

O FILÓSOFO

Permitam-me...

---

* Antigo castelo medieval transformado em prisão no século XVII (atualmente um hospital), onde foi testada pela primeira vez, em 1792, a máquina de cortar cabeças do doutor Guillotin, conhecida desde então como guilhotina. Foi visitando a prisão em 1822 que Victor Hugo se inspirou para o romance. [N.T.]

O SENHOR MAGRO

Convenhamos, senhores, a guilhotina, a Grève, é de um mau gosto. E a prova é que parece tratar-se de um livro que corrompe o gosto e o torna incapaz de sentir emoções puras, frescas, ingênuas. Quando se erguerão os defensores da literatura sã? Eu gostaria de ser, e meus requisitórios talvez me deem tal direito, membro da academia francesa... Eis aí justamente o senhor Ergaste que é um deles. O que o senhor pensa de *O último dia de um condenado*?

ERGASTE

Palavra de honra, senhor, não o li nem o lerei. Estava jantando ontem na casa da senhora de Sénange, e a marquesa de Morival falou do livro ao duque de Melcour. Dizem que há ofensas à magistratura e sobretudo ao presidente d'Alimont. O abade de Floricour também estava indignado. Parece que há um capítulo contra a religião e um capítulo contra a monarquia. Se eu fosse procurador do rei!...

O CAVALEIRO

Pois sim, procurador do rei! E a constituição! E a liberdade de imprensa! Entretanto, um poeta que pretende suprimir a pena de morte, convenhamos, é odioso. Ah! Ah! No Antigo Regime, alguém que se tivesse permitido publicar um romance contra a tortura!... Mas desde a tomada da Bastilha, pode-se escrever tudo. Os livros fazem um mal terrível.

O SENHOR GORDO

Terrível. Estávamos tranquilos, não pensávamos em nada. De vez em quando cortava-se uma ou outra cabeça na França, não mais que duas por semana. Tudo isso sem alarde, sem escândalo. Não diziam nada. Ninguém nem pensava nisso. Nem um pouco. E eis um livro... um livro que dá uma dor de cabeça horrorosa!

O SENHOR MAGRO

O modo que um jurado condena depois de tê-lo lido!

ERGASTE

Perturba as consciências.

A SENHORA DE BLINVAL

Ah! Os livros! Os livros! Quem teria dito isso de um romance?

O POETA ELEGÍACO

É certo que os livros são com frequência um veneno subversivo da ordem social.

O SENHOR MAGRO

Sem contar a língua, que os senhores românticos revolucionam também.

O POETA ELEGÍACO

Distingamos, senhor. Existem românticos e românticos.

O SENHOR MAGRO

O mau gosto, o mau gosto.

ERGASTE

O senhor tem razão. O mau gosto.

O SENHOR MAGRO

Não há nada a responder a isso.

O FILÓSOFO, *encostado na poltrona de uma senhora*

Eles dizem coisas que não se diz mais nem na rua Mouffetard.

ERGASTE

Ah! Que livro abominável!

A SENHORA DE BLINVAL

Êpa! Não o jogue no fogo. Ele é da proprietária da casa.

O CAVALEIRO

Falem-me dos nossos tempos! Como tudo foi-se depravando, o gosto, os costumes... Lembra-se dos nossos tempos, senhora de Blinval?

A SENHORA DE BLINVAL

Não, senhor, eles não me vêm à lembrança.

O CAVALEIRO

Éramos o povo mais doce, mais alegre, mais espirituoso. Sempre belas festas, lindos versos. Era encantador. Haveria algo mais galante que o madrigal do senhor de la Harpe sobre o grande baile que a senhora marechala de Mailly deu em mil setecentos... no ano da execução de Damiens?*

* Damiens foi o autor de um atentado contra Luís XV. Foi condenado à morte, com toques de crueldade, em 1757. [N.T.]

O SENHOR GORDO, *suspirando*

Tempos felizes! Agora os costumes são horríveis, e os livros também. É o belo verso de Boileau:

Et la chute des arts suit la décadence des mœurs*

O FILÓSOFO, *baixo, ao poeta*

Janta-se nesta casa?

O POETA ELEGÍACO

Sim, daqui a pouco.

O SENHOR MAGRO

Agora querem abolir a pena de morte, e para isso fazem romances cruéis, imorais e de mau gosto. *O último dia de um condenado*, e eu com isso?

O SENHOR GORDO

Vamos, meu caro, não falemos mais desse livro atroz. E, já que nos encontramos, diga-me, o que conta fazer a propósito desse homem de quem rejeitamos o recurso há três semanas?

O SENHOR MAGRO

Ah! Um pouco de paciência! Estou de folga aqui. Deixe-me respirar. Verei quando voltar. Se no entanto demorar muito, escreverei a meu substituto...

---

* "E a queda das artes segue-se à decadência dos costumes". Boileau é o mais importante letrado do século XVIII, autor do poema *L'Art poétique*, no qual faz um tratado sobre a poesia e o estilo clássico.
De acordo com nota de Roger Borderie (*op. cit.*), o verso acima não é de Boileau, mas de Gilbert, e tem doze pés, não quatorze: *Et la chute des arts suit la perte des mœurs.* [N.T.]

UM LACAIO, *entrando*

Madame está servida?

Prefácio à primeira edição

Há duas maneiras de se considerar a existência deste livro. Ou realmente existiu um maço de papéis amarelados e desiguais nos quais se encontravam registrados, um a um, os últimos pensamentos de um miserável; ou houve um homem, um sonhador ocupado em observar a natureza em proveito da arte, um filósofo, um poeta — quem sabe? —, para quem tal ideia foi a fantasia, que a tomou, ou melhor, deixou-se tomar por ela, e não pôde dela se desembaraçar senão lançando-a num livro.

Dessas duas explicações, o leitor poderá escolher aquela que preferir.

O último dia de um condenado

I

Bicêtre.

Condenado à morte!

Já se vão cinco semanas que convivo com tal pensamento, sempre só com ele, sempre petrificado por sua presença, sempre encurvado sob seu peso!

Outrora, pois me parece que faz anos e não semanas, eu era um homem como outro qualquer. Cada dia, cada hora, cada minuto tinha sua ideia. Meu espírito, jovem e rico, era repleto de fantasias. Divertia-se em expô-las a mim, uma depois da outra, sem ordem e sem fim, bordando com infindáveis arabescos esse rude e frágil tecido da vida. Eram moças, esplêndidos mantos de bispo, batalhas vencidas, teatros cheios de barulho e de luz, e então mais moças e tranquilas caminhadas noturnas sob os espessos galhos das castanheiras. Era sempre festa na minha imaginação. Eu podia pensar no que quisesse, era livre.

Agora sou cativo. Meu corpo está atado a grilhões em uma masmorra, meu espírito está preso a uma ideia. Uma horrível, sangrenta, implacável ideia! Restou-me apenas um pensamento, uma convicção, uma certeza: condenado à morte!

O que quer que eu faça, ele está sempre ali, esse pensamento infernal, como um espectro de chumbo a meu lado, solitário, ciumento, afastando qualquer distração, face a face com minha pessoa miserável, e sacudindo-me com duas mãos de gelo quando quero desviar a cabeça ou fechar os olhos. Ele se insinua sob todas as formas em que meu espírito gostaria de se esconder, mistura-se, como um refrão horrível, a todas as palavras que me dirigem, cola-se comigo nas grades hediondas de meu calabouço; importuna-me quando estou acordado, espreita meu sono convulsivo e reaparece em meus sonhos sob a forma de uma lâmina.

Acabo de acordar aos sobressaltos, perseguido por ele e dizendo a mim mesmo: "Ah! É só um sonho!" Ora, antes mesmo que meus olhos pesados tenham tido tempo de se entreabrirem o suficiente para ver esse pensamento fatal inscrito na terrível realidade que me envolve, na laje úmida e enfadonha de minha cela, sob a pálida claridade de meu candeeiro, na trama grosseira da tela de minhas roupas, sobre a figura sombria do soldado de guarda cuja cartucheira reluz através da grade da masmorra, parece-me que uma voz já murmura em meus ouvidos:

— Condenado à morte!

II

Era uma bela manhã de agosto.

Havia três dias que meu processo tinha começado, três dias que meu nome e meu crime congregavam a cada manhã uma multidão de espectadores, que se lançavam nos bancos da sala de audiência como corvos em torno de um cadáver, três dias em que toda essa fantasmagoria de juízes, testemunhas, advogados, procuradores do rei passava e repassava na minha frente, ora grotesca, ora sanguinolenta, sempre sombria e fatal. Nas duas primeiras noites, de inquietação e de terror, não consegui dormir; na terceira, adormeci de enfado e cansaço. À meia-noite, deixara os jurados deliberando. Levaram-me de volta à palha do meu calabouço, e eu caí imediatamente num sono profundo, num sono de esquecimento. Eram as primeiras horas de descanso depois de vários dias.

Estava ainda no mais profundo desse profundo sono quando vieram me acordar. Dessa vez não bastaram o passo pesado e as botas ferradas do carcereiro, o tilintar de seu jogo de chaves, o rangido rouco da fechadura; foi preciso, para arrancar-me de minha letargia, sua rude voz na minha orelha e sua mão rude no meu braço. "Levante-se de uma vez!" Abri os olhos, sentei assustado. Nesse momento, através da estreita e alta janela da minha cela, vi no teto do corredor vizinho, único céu que me era concedido entrever, o reflexo amarelado no qual os olhos habituados às trevas da prisão sabem tão bem reconhecer a luz do sol. Eu gosto do sol.

— Está fazendo bom tempo — disse ao carcereiro.

Ele ficou um momento sem me responder, como se não soubesse se valia a pena gastar alguma palavra; em seguida, com algum esforço, murmurou bruscamente:

— Pode ser.

Permaneci imóvel, o espírito metade adormecido, a boca sorridente, o olhar fixo nessa doce reverberação dourada que matizava o teto.

— É um belo dia — repeti.

— Sim — respondeu o homem. — Esperam-no.

Essas poucas palavras, como um fio que interrompe o voo de um inseto, relançaram-me violentamente à realidade. Revi de repente, como sob a luz de um raio, a escura sala do tribunal, a peruca dos juízes coberta de farrapos ensanguentados, as três fileiras de testemunhas de caras estúpidas, os dois gendarmes, um de cada lado do meu banco, as togas negras agitando-se e as cabeças da multidão fervilhando ao fundo na sombra, e deterem-se sobre mim o olhar fixo desses doze jurados que haviam velado enquanto eu dormia!

Levantei-me; meus dentes tiritavam, minhas mãos tremiam e não sabiam onde encontrar minhas roupas, minhas pernas estavam fracas. Ao primeiro passo que dei, tropecei como um carregador com excesso de peso. Contudo segui o guarda.

Os dois gendarmes esperavam-me à porta da cela. Colocaram-me as algemas. Havia uma pequena tranca complicada que eles fecharam com cuidado. Eu me deixava levar: era uma máquina em uma máquina.

Atravessamos um pátio interno. O ar seco da manhã me reanimou. Ergui a cabeça. O céu estava azul, e os raios mornos do sol, entrecortados pelas longas chaminés, traçavam grandes faixas de luz no alto dos muros elevados e sombrios da prisão. De fato, fazia bom tempo.

Subimos uma escada em caracol; passamos por um corredor, depois um outro e mais um terceiro; em seguida uma porta se abriu. Um ar quente, misturado com barulho, golpeou-me a face; era o sopro da multidão na sala do tribunal. Entrei.

Houve à minha aparição um rumor de armas e vozes. Os bancos se arrastaram ruidosamente. As paredes estalaram. E, enquanto eu atravessava a longa sala entre as duas massas de gente muradas de soldados, tinha a sensação de ser o pivô ao qual eram presos os fios que faziam mexer todas aquelas faces inclinadas e pasmas.

Naquele instante percebi que estava sem algema; mas não conseguia me lembrar nem onde nem quando a haviam tirado de mim.

Então se fez um grande silêncio. Eu havia alcançado meu lugar. No momento em que o tumulto cessou na multidão, cessou também em minhas ideias. Compreendi subitamente de maneira clara o que havia apenas entrevisto confusamente até então, que o momento decisivo havia chegado, e que estava ali para ouvir a minha sentença.

Explique quem puder, mas da maneira como veio, essa ideia não me causou terror. As janelas estavam abertas; o ar e os ruídos da cidade chegavam livremente de fora; a sala estava clara como para um casamento, os alegres raios do sol traçavam aqui e lá a figura luminosa das gelosias, ora estirada no assoalho, ora estendida sobre as mesas, ora quebrada na quina das paredes; e desses losangos resplandecentes nas janelas, cada raio talhava no ar um grande prisma de poeira de ouro.

Os juízes, no fundo da sala, tinham um ar satisfeito, provavelmente contentes em logo acabar com tudo. O rosto do presidente, suavemente iluminado pelo reflexo de uma vidraça, tinha algo de calmo e bom; e um jovem adjunto conversava de maneira quase alegre, alisando seu peitilho, com uma bonita dama de chapéu cor-de-rosa acomodada por algum favor atrás dele.

Somente os jurados pareciam lívidos e abatidos, mas aparentemente era devido à fatiga de terem velado a noite toda. Alguns bocejavam. Nada, em sua atitude, anunciava homens que acabaram de trazer uma sentença de morte; e sobre as faces desses bons burgueses, eu adivinhava apenas uma grande vontade de dormir.

À minha frente, uma janela estava escancarada. Eu ouvia os risos das vendedoras de flores no cais; e, sobre o peitoril, uma delicada plantinha amarela, devassada por um raio de sol, brincava com o vento em uma fresta da pedra.

Como uma ideia sinistra poderia despontar em meio a tantas graciosas sensações? Inundado de ar e de sol, foi-me impossível pensar em outra coisa que não a liberdade; a esperança veio irradiar em mim como o dia à minha volta; e, confiante, esperei minha sentença como esperamos a libertação e a vida.

Entrementes meu advogado chegou. Esperavam-no. Ele acabava de desjejuar copiosamente e com bom apetite. Tendo alcançado seu lugar, inclinou-se em minha direção com um sorriso.

— Tenho esperanças — disse-me.

— E como não? — respondi, leve e sorridente como ele.

— Sim — retomou —, nada sei ainda da declaração deles, mas terão sem dúvida descartado a premeditação, e então será apenas uma pena perpétua de trabalhos forçados.

— Do que o senhor está falando? — repliquei indignado. — Prefiro cem vezes a morte!

Sim, a morte! E, aliás, repetia-me não sei que voz interior, o que arrisco dizendo isso? Nenhuma sentença de morte foi jamais pronunciada em circunstância outra que à meia-noite, sob a luz de tochas, em uma sala escura e negra, numa noite chuvosa e fria de inverno! Mas no mês de agosto, às oito horas da manhã, num dia tão bonito, esses bons jurados, impossível! E meus olhos voltavam a se fixar na delicada flor amarela banhada de sol.

De repente o presidente, que só estava esperando o advogado, ordenou que eu me levantasse. Os soldados ergueram as armas; como num movimento elétrico, toda a assembleia pôs-se de pé no mesmo instante. Uma figura insignificante e nula, a uma mesa abaixo da tribuna — era, penso, o escrivão —, tomou a palavra e leu o veredicto que os jurados haviam pronunciado em minha ausência. Um calafrio percorreu todos os meus membros; apoiei-me na parede para não cair.

— Advogado, o senhor tem algo a dizer sobre a aplicação da pena? — perguntou o presidente.

Eu, quanto a mim, teria muito a dizer, mas nada me veio. Minha língua permaneceu colada em meu palato.

O defensor ergueu-se.

Compreendi que ele procurava atenuar a declaração do júri e substituí-la, no lugar da pena que ela provocava, pela outra pena, aquela que me deixara tão ofendido por ele tê-la esperado.

A indignação deveria ter sido muito forte para emergir de tal forma em meio às mil emoções que disputavam meus pensamentos. Eu quis repetir-lhe com voz alta o que dissera antes: "Prefiro cem vezes a morte!" Mas o ar me faltou, e tudo o que consegui foi interrompê-lo rudemente puxando seu braço e gritando com uma força convulsiva: "Não!"

O procurador-geral contestou o advogado, e eu o escutei com uma satisfação estúpida. Então os juízes saíram, depois voltaram a entrar, e o presidente leu minha sentença.

— Condenado à morte! — disse a multidão. E, enquanto me levavam, todo esse povo se precipitou atrás de mim com o estrondo de um edifício que desmorona. Eu apenas caminhava, embriagado e estupefato. Uma revolução acabava de se fazer em mim. Até a sentença de morte, eu me sentira respirando, palpitando, vivendo no mesmo espaço que os outros homens; agora, eu distinguia claramente uma espécie de divisória entre mim e o mundo. Nada me aparecia mais sob o mesmo aspecto que anteriormente. Aquelas amplas janelas iluminadas, aquele belo sol, aquele céu puro, aquela delicada flor, tudo ficou branco e pálido, da cor de uma mortalha. Aqueles homens, aquelas mulheres, aquelas crianças que se prensavam à minha passagem, eu via neles ares de fantasmas.

No fim da escada, um carro preto, sujo e gradeado esperava por mim. No momento de subir nele, olhei à minha volta ao acaso. "Um condenado à morte", gritavam os passantes, correndo na direção do carro. Através da nuvem que parecia interposta entre mim e as coisas, pude distinguir duas moças que me seguiam com olhos ávidos.

— Bom — disse a mais jovem batendo palmas —, será daqui a seis semanas!

III

Condenado à morte!

Ora, por que não? *Os homens*, lembro-me de ter lido em não sei que livro, no qual havia apenas isso de bom, *os homens estão todos condenados à morte com* sursis *indefinidos*. O que tanto teria mudado na minha situação, então?

Desde a hora em que minha sentença foi pronunciada, quantos não foram mortos e que se preparavam para uma longa vida? Quantos me precederam que, jovens, livres e sãos, contavam ir tal dia ver minha cabeça cair na praça da Grève! Quantos de agora até lá, que andam e respiram ao ar livre, entram e saem segundo sua vontade, não vão ainda me preceder!

Além do mais, o que a vida tem de tão lamentável para mim? Na verdade, o dia sombrio e o pão velho da masmorra, a porção de sopa rala extraída do banquete dos condenados às galeras, ser assim maltratado, eu, que sou de educação refinada, ser brutalizado pelos carcereiros e verdugos, não haver um único ser humano que me ache digno de uma palavra e a quem eu possa responder, tremer sem cessar, tanto por causa daquilo que fiz quanto pelo que farão de mim: eis aproximadamente os únicos bens que o carrasco poderá arrancar de mim.

Ah! Pouco importa! É horrível!

IV

O carro negro transportou-me até aqui, para esse medonho Bicêtre.

Visto de longe, este edifício tem uma certa majestade. Ele se estende no horizonte, em frente a uma colina e, a distância, guarda algo de seu antigo esplendor, um ar de castelo real. Mas, à medida que você se aproxima, o palácio se torna pardieiro. As empenas degradadas ferem o olhar. Um não-sei-quê de vergonhoso e de empobrecido suja suas fachadas reais; dir-se-ia que as paredes têm lepra. Nada de vidraças, nada de janelas; apenas maciças barras de ferro entrecruzadas, às quais se cola aqui e lá a livorosa figura de algum calceta ou de um louco.

É a vida vista de perto.

V

Mal cheguei e mãos de ferro agarraram-se a mim. Multiplicaram-se as precauções: nada de faca, nada de garfo para as minhas refeições; uma *camisa de força*, espécie de saco de juta, aprisionou meus braços; eles tinham de responder pela minha vida. Eu havia recorrido da minha sentença. Essa condição onerosa poderia persistir por umas seis ou sete semanas, e era importante que me conservassem são e salvo para a praça da Grève.

Nos primeiros dias trataram-me com uma delicadeza que me era horrível. Os cuidados de um carcereiro cheiram a cadafalso. Por felicidade, ao cabo de poucos dias, o hábito foi mais forte; confundiram-me com os outros prisioneiros em uma brutalidade comum e não tiveram mais essas distinções inusitadas de polidez que me colocavam sem cessar o carrasco sob os olhos. Não foi essa a única melhora. Minha juventude, minha docilidade, as atenções do capelão da prisão e sobretudo as palavras em latim que eu dirigia ao porteiro, que não as entendia, abriram-me as portas para a caminhada semanal com os outros detentos e fizeram desaparecer a camisa de força dentro da qual estava imobilizado. Depois de muitas hesitações, deram-me também tinta, papel, penas e um candeeiro.

Todos os domingos depois da missa deixam-me no pátio na hora da recreação. Ali, converso com os detentos: preciso disso.

São boas pessoas, miseráveis. Contam-me suas *proezas*, que são de horrorizar, mas sei que eles apenas se gabam. Ensinam-me a falar gíria, a *rasgar o verbo*, como dizem. É uma língua ancorada na língua geral como uma espécie de excrescência repulsiva, como uma verruga. Algumas vezes uma energia singular, um pitoresco assustador: *tem arrobe no trilho* (tem sangue no caminho), *desposar a viúva* (ser enforcado), como se a corda da forca fosse a viúva de todos os enforcados. A cabeça de um ladrão tem dois nomes: *sorbonne*, quando ela medita, raciocina e aconselha o crime; *quengo*, quando o carrasco a corta. Algumas vezes um espírito de *vaudeville*: uma *casimira de vime* (um cesto de trapeiro), a *mentirosa* (a língua); e depois, em todo lugar, sem parar, vindas não se sabe de onde, palavras bizarras, misteriosas, feias, sórdidas: *carango* (carrasco), *bater o trinta-e-um-de-roda* (morrer), *praceta* (a praça das execuções). Parecem sapos e aranhas. Quando os ouvimos falar essa língua, tem-se o efeito de algo sujo e poeirento, de um liame de trapos balançando à sua frente.

Ao menos tais homens se compadecem de mim, são os únicos. Os carcereiros, os guardas, os porteiros — não lhes quero mal — conversam e riem, falam de mim, na minha frente, como de uma coisa.

VI

Disse a mim mesmo:

— Já que tenho os meios para escrever, por que não o faria? Mas escrever o quê? Preso entre quatro muralhas de pedra nua e fria, sem liberdade para meus passos, sem horizonte para meus olhos, tendo por única distração ficar mecanicamente ocupado o dia inteiro a seguir a marcha lenta desse quadrado esbranquiçado que o postigo de minha porta recorta sobre a parede escura e, como dizia há pouco, totalmente a sós com uma ideia, uma ideia de crime e de castigo, de assassínio e de morte! Pode alguém como eu ter algo a dizer, alguém que não tem mais nada a fazer neste mundo? E o que encontraria em meu cérebro maculado e vazio que valha a pena ser escrito?

Por que não? Se tudo à minha volta é monótono e sem cor, não há em mim uma tempestade, uma luta, uma tragédia? Essa ideia fixa que me possui não se apresenta a mim a cada hora, a cada instante, sob uma nova forma, sempre mais medonha e mais ensanguentada à medida que o termo se aproxima? Por que não tentaria dizer a mim mesmo tudo o que experimento de violento e de desconhecido na situação abandonada em que me encontro? A matéria é certamente rica; e, por mais abreviada que esteja a minha vida, ainda haverá muito — nas angústias, nos terrores, nas torturas que a preencherão desta à derradeira hora — para o que usar esta pluma e secar este tinteiro. Aliás, essas angústias, o único meio de sofrê-las menos é observá-las, e pintá-las será para mim uma distração.

E depois, o que escreverei assim talvez não seja inútil. O diário de meus sofrimentos, hora a hora, minuto a minuto, suplício a suplício, se eu tiver a força de conduzi-lo até o momento em que será *fisicamente* impossível continuar, esta história necessariamente inacabada, mas tão completa quanto possível, de minhas sensações, não carregará consigo um grande e profundo ensinamento? Não haverá neste ato do pensamento agonizante, nesta progressão sempre crescente de dores, nesta espécie de autópsia intelectual de um condenado, mais de uma lição para aqueles que condenam? Talvez esta leitura tornará suas mãos menos leves quando for mais uma vez o caso de atirar uma cabeça pensante, uma cabeça de homem, no que chamam de balança da justiça! Talvez nunca tenham refletido, os infelizes, sobre esta lenta sucessão de torturas que a fórmula expeditiva de uma sentença de morte encerra! Teriam eles jamais se detido nesta ideia lancinante de que o homem que condenam possui uma inteligência, uma inteligência que contara com a vida, uma alma que absolutamente não se dispôs para a morte? Não. Eles veem em tudo isso apenas a queda vertical de uma lâmina triangular e pensam sem dúvida que para o condenado não há nada antes, nada depois.

Estas páginas os desenganarão. Publicadas quem sabe um dia, elas deterão suas mentes alguns momentos com os sofrimentos da alma, de cuja existência precisamente não suspeitam. Eles vangloriam-se de poder matar sem quase fazer sofrer o corpo. Ah! Trata-se exatamente disso. O que é a dor física perto da dor moral? Horror e piedade das leis assim feitas! Um dia virá, e talvez estas memórias, últimas confidências de um miserável, terão contribuído...

A menos que depois de minha morte o vento brinque no pátio com estes pedaços de papel maculados de lama, ou eles apodreçam com a chuva, colados na forma de estrela na vidraça quebrada de um carcereiro.

VII

Que o escrito aqui por mim possa um dia ser útil a outros, que isso detenha o juiz ao ponto de julgar, que salve infelizes, inocentes ou culpados, da agonia à qual estou condenado... Por quê? Para quê? O que importa? Quando minha cabeça tiver sido cortada, que diferença fará para mim que cortem outras? Pude realmente pensar essas loucuras? Lançar abaixo o cadafalso depois de ter nele subido? Pergunto o que terei em retorno.

O quê? O sol, a primavera, os campos carregados de flores, os pássaros que despertam de manhã, as nuvens, as árvores, a natureza, a liberdade, a vida, nada disso me pertence mais!

Ah! É a mim que seria preciso salvar! É realmente verdade que isso não é mais possível, que será preciso morrer amanhã, hoje talvez, que é assim mesmo? Oh! Deus! A terrível ideia de quebrar a cabeça contra a parede de meu cárcere!

VIII

Contemos o que me resta:

Três dias de prazo para o pedido de recurso depois da sentença pronunciada.

Oito dias de esquecimento no Ministério Público, após o que as *peças*, como dizem, são enviadas ao ministro.

Quinze dias de espera no gabinete do ministro, que nem ao menos sabe que elas existem e que, no entanto, é suposto transmiti-las, depois de examiná-las, ao Supremo Tribunal.

Ali, classificação, numeração, registro: pois a guilhotina está congestionada, e cada um deve aguardar a sua vez.

Quinze dias para averiguar que não lhe seja feita nenhuma arbitrariedade.

Enfim, o tribunal se reúne, geralmente numa quinta-feira, indefere vinte recursos em bloco e devolve tudo ao ministro, que restitui ao procurador-geral, que retorna ao carrasco. Três dias.

Na manhã do quarto dia, o substituto do procurador-geral diz consigo mesmo, arrumando sua gravata: "Já é tempo que este caso termine." Então, se o substituto do escrivão não marcou nenhum almoço entre amigos que o impeça, a ordem de execução é rascunhada, redigida, passada a limpo, expedida e, no dia seguinte, na primeira hora, pode-se ouvir na praça da

Grève a montagem de um arcabouço e os berros penetrantes dos gritadores públicos já roucos.

Ao todo seis semanas. A mocinha tinha razão.

Ora, lá se vão cinco semanas pelo menos, seis talvez — não ouso contar —, que estou nesta cela do Bicêtre, e parece-me que três dias atrás foi quinta-feira.

IX

Acabo de fazer meu testamento.

Para quê? Fui condenado a pagar as despesas, e tudo o que tenho mal será suficiente. A guilhotina é muito cara.

Deixo uma mãe, deixo uma esposa, deixo uma filha.

Uma menininha de três anos, doce, rosada, frágil, com grandes olhos negros e longos cabelos castanhos.

Ela tinha dois anos e um mês quando a vi pela última vez.

Assim, depois da minha morte, três mulheres: sem filho, sem marido, sem pai; três órfãs de espécies diferentes; três viúvas da lei.

Admito que esteja sendo punido justamente; mas essas inocentes, o que fizeram? Pouco importa; desonram-nas, arruínam-nas. É a justiça.

Não é que a minha pobre mãe me preocupe: ela tem sessenta e quatro anos, morrerá com o choque. Ou se aguentar alguns dias ainda, à condição de que até o último momento tenha um pouco de cinza quente na escalfeta, não dirá mais nada.

Minha esposa não me preocupa tampouco; já tem a saúde frágil e a mente um pouco fraca. Morrerá também.

A não ser que fique louca. Dizem que isso faz viver; mas pelo menos a inteligência não sofre; dorme, fica como morta.

Mas minha filha, minha criança, minha pobre pequena Marie, que ri, que brinca, que canta neste exato momento e não pensa em nada, é ela que me faz mal!

X

Eis o que é a minha cela:

Oito pés quadrados. Quatro muralhas de alistão que se apoiam em ângulos retos sobre uma laje sobrelevada um degrau acima do corredor exterior.

À direita da porta, entrando, uma espécie de vão que faz as vezes de uma alcova. Jogam ali uma meda de palha na qual o prisioneiro deveria repousar e dormir, vestido de uma calça de tela e de um casaco de cotim, tanto no inverno como no verão.

Acima da minha cabeça, no lugar do céu, uma escura abóbada em ogiva — é assim que se diz — da qual espessas teias de aranha despencam como trapos.

Além disso, nada, nada de janelas, nem ao menos um respiradouro. Uma porta na qual o ferro esconde a madeira.

Engano-me: no centro da porta, na parte de cima, uma abertura de nove polegadas quadradas, cortada com barras em forma de cruz, e que o porteiro pode fechar à noite.

Fora, um corredor bastante comprido, clareado e arejado graças a respiradouros estreitos no alto das paredes, e dividido em compartimentos de alvenaria que se comunicam entre si por uma série de portas arqueadas e baixas; cada um desses compartimentos serve de certa maneira como vestíbulo a uma masmorra como a minha. São nessas masmorras que colocam os calcetas condenados pelo diretor da prisão a penas de disciplina. As três primeiras celas são reservadas aos condenados à morte, pois, sendo mais próximas da guarita, são mais cômodas para o carcereiro.

Essas masmorras são tudo o que restou do antigo castelo de Bicêtre tal como foi construído no século XV pelo cardeal de Winchester, o mesmo que mandou queimar Joana d'Arc. Foi o que ouvi contar aos *curiosos* que vieram me ver outro dia em minha cela e que me olhavam a distância como uma fera do zoológico. O porteiro ganhou cem moedas.

Esquecia-me de dizer que dia e noite há uma sentinela de guarda na porta da minha masmorra, e que meus olhos não podem se erguer em direção à lucarna quadrada sem encontrar seus dois olhos fixos sempre abertos.

Fora isso, supõe-se que existe ar e um pouco de luz nesta caixa de pedra.

XI

Já que o dia ainda não apareceu, o que fazer com a noite? Veio-me uma ideia. Levantei e andei com meu candeeiro junto às quatro paredes da cela. Elas estão cobertas de escritos, de desenhos, de figuras bizarras, de nomes que se apagam e se imbricam uns por cima dos outros. Tem-se a impressão de que cada condenado quis deixar um vestígio, ao menos aqui dentro. Grafite, giz, carvão, letras pretas, brancas, cinzas, frequentemente entalhes profundos na pedra, aqui e lá caracteres carcomidos que parecem escritos com sangue. Certamente, se tivesse o espírito mais livre, veria interesse neste estranho livro que se abre página por página sob meus olhos em cada pedra desta masmorra. Gostaria de recompor o conjunto desses fragmentos de pensamento esparsos sobre a laje; reencontrar cada homem sob cada nome; devolver o sentido e a vida a essas inscrições mutiladas, a essas frases desmembradas, a essas palavras truncadas, corpos sem cabeça, como aqueles que as escreveram.

À altura da minha cabeceira há dois corações inflamados, atravessados por um flecha, e, logo em cima: "Amor por toda a vida." O infeliz não assumia um compromisso longo.

Ao lado, uma espécie de chapéu de três pontas com uma pequena figura grosseiramente desenhada abaixo, e essas palavras: "Viva o imperador! 1824."

Mais dois corações inflamados, com essa inscrição, característica em uma prisão: "Amo e adoro Mathieu Danvin. Jacques."

Na parede oposta pode-se ler este nome: "Papavoine".* O "p" maiúsculo está bordado de arabescos e ornamentado com cuidado.

Uma estrofe de uma canção obscena.

Um barrete da liberdade escavado assaz profundamente na pedra, com isso por baixo: "Bories. A República".** Era um dos quatro suboficiais de La Rochelle. Pobre homem! Como suas pretensas necessidades políticas são hediondas! Por uma ideia, por um sonho, por uma abstração, essa terrível realidade que chamamos de guilhotina! E eu que me queixava, eu, miserável, que cometi um verdadeiro crime, que derramei sangue!

Não irei adiante na minha pesquisa. Acabo de ver, rabiscada em branco no canto da parede, uma imagem aterrorizante: a figura do cadafalso que, neste exato instante, ergue-se talvez para mim. O candeeiro quase caiu de minhas mãos.

---

* Papavoine: matou a facadas dois meninos de cinco e seis anos que brincavam junto da mãe no bosque de Vincennes. Guilhotinado em 25 de março de 1825. (Cf. Roger Borderie, *op. cit.*)

** Bories: com vinte e sete anos foi líder do complô de La Rochelle, ver também nota à p. 182. (ibid.)

XII

Retornei à minha palha precipitadamente e me sentei com a cabeça entre os joelhos. Logo meu terror infantil se dissipou e uma estranha curiosidade me levou a continuar a leitura da parede.

Ao lado do nome de Papavoine, arranquei uma enorme teia de aranha, espessa de poeira, que se estendia no ângulo da muralha. Sob essa teia havia quatro ou cinco nomes perfeitamente legíveis, entre outros dos quais sobraram apenas manchas na parede. DAUTUN, 1815; POULAIN, 1818; JEAN MARTIN, 1821; CASTAING, 1823.* Li esses nomes e lembranças lúgubres me voltaram: Dautun, o que cortou seu irmão em pedaços e que vagava à noite por Paris, jogando a cabeça numa fonte e o tronco em um esgoto; Poulain, o que assassinou a mulher; Jean Martin, o que atirou contra seu pai no momento em que o velho abria uma janela;

---

* Charles Dautun: 35 anos; acusado de ter assassinado sua tia e seu irmão, de cujos corpos dispersou pedaços em diversos lugares de Paris. Foi condenado à morte em 25 de fevereiro de 1815.
Louis Poulain: atirou duas vezes em sua mulher sem atingi-la por condenar seu mau comportamento. Foi decapitado em 2 de agosto de 1817. Tinha 39 anos.
Pierre-Louis Martin: depois de ser expulso de casa por sua família, lá retornou para sondar e acabou atirando na direção de seu pai, "para assustá-lo". Ninguém se machucou. Foi executado em 6 de dezembro de 1820. Tinha seis filhos.
Castaing: executado em 6 de dezembro de 1823 por ter matado o amigo Auguste Ballet e o irmão dele. (Cf. Roger Bastide, *op. cit.*)

Castaing, o médico que envenenou seu amigo e que, assistindo-o nessa derradeira enfermidade provocada por ele próprio, no lugar de remédio dava-lhe mais veneno; e ao lado destes, Papavoine, o horrível louco que matava crianças a facadas na cabeça!

Eis aí, dizia-me — e um calafrio de febre me subia pelas costas —, eis quem foram antes de mim os hóspedes desta cela. Foi aqui, sobre o mesmo chão em que me encontro, que pensaram seus últimos pensamentos, esses homens feitos de assassínio e de sangue! Foi em torno destas paredes, neste cubículo estreito, que seus últimos passos soaram como os de animais selvagens. Eles se sucederam em intervalos curtos; esta masmorra parece não se esvaziar nunca. Deixaram o lugar quente, e foi a mim que o deixaram. Irei por minha vez encontrá-los no cemitério de Clamart, onde a grama cresce tão bem!

Não sou nem visionário nem supersticioso. É provável que essas ideias tenham-me provocado um acesso de febre, pois enquanto eu assim sonhava, tive subitamente a sensação de que esses nomes fatais estavam escritos em fogo na parede escura; um tinido cada vez mais precipitado estourou nos meus ouvidos; um brilho avermelhado encheu meus olhos; e então me pareceu que a masmorra estava repleta de homens, homens estranhos que levavam suas cabeças na mão esquerda, carregando-as pela boca, pois não tinham cabelos. Todos me mostravam o punho, à exceção do parricida.

Fechei os olhos horrorizado, então vi tudo muito mais distintamente.

Sonho, visão, realidade; teria ficado louco se uma sensação brusca não me tivesse despertado a tempo. Estava prestes a cair para trás quando senti se arrastar sobre meus pés nus um ventre gelado e patas aveludadas; era a aranha que eu perturbara há pouco e que fugia.

Isso me desencantou — oh! terríveis espectros! Não, era uma fumaça, imaginação do meu cérebro vazio e convulsivo. Quimera à moda de Macbeth! Os mortos estão mortos; sobretudo esses aí. Estão bem trancafiados em seu sepulcro. Essa não é uma prisão de onde se possa escapar. Como explicar então que eu tenha sentido tanto medo?

A porta do túmulo não se abre por dentro.

XIII

Vi, nos últimos dias, uma coisa hedionda.

Nem bem o dia raiara, a prisão já estava repleta de barulho. Ouviam-se as pesadas portas se abrirem e fecharem, as fechaduras e os cadeados de ferro rangerem, os molhos de chave que se entrechocavam nas cinturas dos carcereiros tilintarem, as escadas tremerem de alto a baixo sob passos precipitados, e vozes chamarem e responderem das duas extremidades dos longos corredores. Meus vizinhos de cela, os calcetas em punição, estavam mais alegres do que o normal. O Bicêtre todo parecia rir, cantar, correr, dançar.

Somente eu, o único mudo nessa algazarra, o único imóvel nesse tumulto, espantado e atento, escutava.

Um carcereiro passou.

Aventurei-me a chamá-lo e a lhe perguntar se era festa na prisão.

— Uma festa se quiser! — respondeu-me. — É hoje que vão ferrar os forçados que partirão amanhã para Toulon.* O senhor quer ver? Isso o divertirá.

Para um recluso solitário, tal espetáculo era com efeito uma boa fortuna, por mais odioso que fosse. Aceitei a diversão.

---

* A maior prisão de trabalhos forçados na França ficava na cidade de Toulon, no sul do País. [N.T.]

O carcereiro tomou as precauções usuais para se assegurar quanto a mim e depois me conduziu a uma pequena cela vazia, e totalmente desprovida de móveis, que tinha uma janela gradeada à altura do corpo, mas uma verdadeira janela, e através da qual se podia realmente ver o céu.

— Pronto — disse-me —, daqui o senhor verá e ouvirá tudo. Será o único em um camarote individual, como o rei.

Saiu então e fechou atrás de mim travas, cadeados e fechaduras.

A janela dava para um pátio quadrado bastante vasto, em torno do qual se erguia dos quatro lados, como uma muralha, um grande edifício de pedra de cantaria com seis andares. Nada parecia aos olhos mais degradado, mais nu, mais miserável do que essa quádrupla fachada perfurada de uma infinidade de janelas gradeadas às quais se mantinham colados, de alto a baixo, uma multidão de rostos magros e lívidos, comprimidos uns sobre os outros, como as pedras de um muro, e todos por assim dizer enquadrados pelos cruzamentos das barras de ferro. Eram os prisioneiros, espectadores da cerimônia enquanto esperavam o dia em que seriam seus atores. Dir-se-ia que eram almas em padecimento nos respiradouros do purgatório que dão para o inferno.

Todos olhavam em silêncio para o pátio ainda vazio. Eles esperavam. Entre essas figuras apagadas e mornas, aqui e lá brilhavam alguns olhos penetrantes e vivos como pontos de fogo.

O bloco de prisões que envolve o pátio não se fecha em si mesmo. Uma das quatro faces do edifício (a que observa o nascente) é cortada mais ou menos na metade e apenas uma grade de ferro a liga à face vizinha. Essa grade se abre em um segundo pátio, menor que o primeiro, que, como este, é cercado de muros e de empenas escurecidas.

Em torno do pátio principal, bancos de pedra se apoiam à muralha. No meio, ergue-se uma haste de ferro encurvada destinada a portar uma lanterna.

Soa o meio-dia. Um grande portão, camuflado em um recanto, abre-se bruscamente. Uma carroça, escoltada por soldados sujos e vergonhosos em uniformes azuis, com dragonas vermelhas e bandoleiras amarelas, entra pesadamente no pátio com um estrondo de ferros. Eram a canga e os grilhões.

No mesmo instante, como se o barulho tivesse despertado todos os ruídos da prisão, os espectadores das janelas, até então silenciosos e imóveis, romperam em berros de alegria, em canções, em ameaças, em imprecações mescladas a gargalhadas angustiantes ao ouvido. Tinha-se a impressão de ver máscaras de demônios. Em cada rosto apareceu uma carranca, todos os punhos atravessaram as grades, todas as vozes urraram, todos os olhos flamejaram, e eu fiquei aterrorizado de ver tantas faíscas reaparecerem nessas cinzas.

Entrementes, os comitres, no meio dos quais se distinguiam, por suas roupas e seu pavor, alguns curiosos vindos de Paris, os comitres então se puseram tranquilamente ao trabalho. Um deles subiu na carroça e lançou a seus camaradas os grilhões, as golilhas de viagem e os sacos de roupas de tela. Então eles dividiram o trabalho: uns foram estender os grilhões, que chamavam em sua gíria de *cordel*, num canto do pátio; outros espalharam no chão os *tafetás*, ou as calças e camisas; enquanto os mais sagazes examinavam uma a uma, sob a inspeção do capitão, um velhote atarracado, as calcetas de ferro, que logo testavam fazendo-as faiscar no chão. Tudo isso sob as aclamações zombeteiras dos prisioneiros, cujas vozes só eram dominadas pelos risos barulhentos dos forçados, para quem tudo se preparava, e que víamos relegados às traves da velha prisão que dá no pátio menor.

Quando esses preparativos terminaram, um senhor ornado de prata, que chamavam de *senhor inspetor*, lançou uma ordem ao *diretor* da prisão; e um momento depois duas ou três portas baixas vomitaram no pátio, quase ao mesmo tempo, e como que em baforadas, bandos de homens horrendos, uivadores e maltrapilhos. Eram os forçados.

À sua entrada, a alegria das janelas redobrou. Alguns deles, os grandes nomes das galés, foram saudados com aclamações e aplausos, que recebiam com uma certa modéstia orgulhosa. A maioria usava uns aparatos à guisa de chapéus, trançados por eles mesmos com a palha da masmorra, sempre em formatos estranhos para que, nas cidades onde passassem, o chapéu chamasse a atenção para o dono. Esses eram ainda mais aplaudidos. Um, sobretudo, excitou arroubos de entusiasmo: um jovem de dezessete anos que tinha o rosto de uma menina. Ele acabava de sair do calabouço onde fora trancafiado na solitária havia oito dias. Com sua meda, fizera para si uma vestimenta que o recobria da cabeça aos pés, e entrou no pátio dando cabriolas com a agilidade de uma serpente. Era um saltimbanco condenado por furto. Houve uma saraivada de aplausos e berros de alegria. Os calcetas respondiam a isso, e havia algo de apavorante nesse intercâmbio de alegrias entre os forçados titulares e os aspirantes a forçados. Ainda que a sociedade estivesse bastante representada ali, na figura dos carcereiros e dos curiosos aterrorizados, o crime a encarava de frente e, desse castigo horrível, fazia uma festa em família.

À medida que chegavam, empurravam-nos, entre duas fileiras de comitres, para o pequeno pátio gradeado onde médicos os esperavam. Era ali que todos tentavam seu último esforço para evitar a viagem, alegando algum motivo de saúde, os olhos doentes, a perna mancando, a mão mutilada. Mas quase sempre consideravam-nos bons para as galés; e então cada um se resignava com indiferença, esquecendo em poucos minutos a pretensa enfermidade da vida inteira.

As grades do pequeno pátio se reabriram. Um guarda fez a chamada em ordem alfabética; e então eles saíram um a um, e cada forçado foi esperar de pé num canto do grande pátio, perto de um companheiro atribuído pelo acaso de sua inicial. Assim, cada um se vê reduzido a si mesmo; cada um carrega sua corrente por si, lado a lado com um desconhecido; e se por acaso o forçado tem um amigo, a corrente os separa. A última das misérias!

Quando mais ou menos trinta já tinham saído, fecharam a grade. Um contramestre os alinhou com uma vara, jogou na frente de cada um uma camisa, um casaco e uma calça de tela grossa, depois fez um sinal, e todos começaram a se despir. Um incidente inesperado veio, como se de propósito, transformar essa humilhação em tortura.

Até então estava fazendo um tempo relativamente bom, e se a brisa de outubro resfriava o ar, de tempos em tempos, ela também abria aqui e lá, nas nuvens cinzentas do céu, uma fenda por onde passava um raio de sol. Mas mal os forçados se viram despojados de seus trapos de prisão, no momento em que se oferecia nus e de pé, à vigília desconfiada dos guardiões e aos olhares curiosos dos estranhos que perambulavam à sua volta para examinar seus ombros, o céu se tornou negro, uma gelada tempestade de outono estourou bruscamente e despencou com violência no grande pátio, sobre as cabeças descobertas, sobre os membros nus dos calcetas, sobre seus miseráveis saios espalhados no chão.

Num piscar de olhos o pátio se esvaziou de tudo o que não era contramestres ou calcetas. Os curiosos de Paris foram se abrigar sob os anteparos das portas.

Enquanto isso a chuva caía em torrentes. Não se via no pátio nada além dos forçados nus e gotejantes sobre a laje encharcada. Um silêncio morno sucedera a suas barulhentas fanfarronadas. Eles tremiam, seus dentes tilintavam; suas pernas magras, seus joelhos nodosos, entrechocavam-se; e era penoso vê-los aplicar sobre seus membros azuis essas camisas ensopadas, esses casacos, essas calças gotejantes de chuva. A nudez teria sido melhor.

Apenas um deles, um velho, conservava ainda alguma alegria. Ele exclamou, tentando se enxugar com a camisa molhada, que *isso não estava no programa*; depois soltou uma gargalhada mostrando os punhos ao céu.

Quando vestiram as roupas de viagem, levaram-nos em grupos de vinte ou trinta ao outro canto do pátio, onde os grilhões estendidos no chão os esperavam. Esses grilhões são correntes longas e fortes, cortadas transversalmente de dois em dois pés por outras correntes mais curtas, na extremidade das quais se prendem golilhas quadradas — que se abrem por meio de uma dobradiça colocada num dos ângulos e se fecham no ângulo oposto por uma cavilha de ferro — rebitadas durante toda a viagem ao pescoço dos calcetas. Quando os grilhões estão estendidos no chão, parecem muito como uma grande espinha de peixe.

Fizeram os calcetas sentarem na lama, no chão inundado; experimentaram neles as golilhas e em seguida dois ferreiros, armados de bigornas portáteis, rebitaram-nos a frio com grandes golpes de maça de ferro. É um momento terrível, no qual os mais valentes empalidecem. Cada golpe de martelo aplicado na bigorna apoiada em suas costas fazia saltar o queixo do paciente: o menor movimento para trás ou para frente faria saltar o crânio como uma casca de noz.

Depois dessa operação, eles ficaram sombrios. Não se ouvia nada além do tremor das correntes e, de tempos em tempos, um grito seguido do ruído surdo da vara de um comitre sobre os membros dos recalcitrantes. Alguns choravam: os velhos tremiam e mordiam os lábios. Eu observava com horror todos esses perfis sinistros em suas molduras de ferros.

Assim, depois da inspeção médica, a inspeção dos carcereiros; depois da inspeção dos carcereiros, a ferragem. Um espetáculo em três atos.

Um raio de sol tornou a aparecer. Parecia que ele atava fogo em todos os cérebros. Os forçados se levantaram de uma só vez, como num movimento convulsivo. Os cinco cordões se uniram pelas mãos e, de repente, formaram uma imensa roda em volta da haste da lâmpada. E ficaram girando a se cansar os olhos. Cantavam uma canção das galés, uma trova em gírias, sobre uma melodia às vezes lamurienta, às vezes furiosa e alegre. Ouvia-se de tempos em tempos gritos estridentes, gargalhadas rasgadas e arquejantes misturarem-se às palavras misteriosas; em seguida, aclamações furibundas, e as correntes que se entrechocavam na cadência serviam de orquestra para aquele canto mais gutural que o barulho que provocava. Se eu procurasse uma imagem do sabá, não a encontraria nem melhor nem pior.

Trouxeram ao pátio uma grande tina. Os comitres interromperam a dança dos forçados a golpes de vara e os conduziram a essa tina, na qual via-se nadar não sei que ervas em não sei que líquido fumegante e sujo. Eles comeram.

Em seguida, tendo comido, jogaram no chão o que restava de sua sopa e de seu pão velho e se puseram de novo a dançar e a cantar. Parece que lhes dão essa liberdade no dia da ferragem e na noite que se segue.

Eu observava esse espetáculo estranho com uma curiosidade tão ávida, tão palpitante, tão atenta, que esquecera de mim mesmo. Um profundo sentimento de piedade me revolvia as entranhas, e seus risos me faziam chorar.

De repente, em meio ao devaneio profundo no qual me perdera, vi a estrondosa ronda parar e se calar. Então todos os olhos se voltaram para a janela que eu estava ocupando. "O condenado! O condenado!", gritaram todos, apontando de longe na minha direção; e as explosões de alegria redobraram.

Fiquei petrificado.

Ignoro de onde me conheciam e como tinham me reconhecido.

— Bom dia! Boa noite! — gritavam para mim com seu sarcasmo atroz. Um dos mais jovens, condenado às galés à perpetuidade, a face fulgente e lívida, olhou-me com um ar de inveja dizendo: — Ele é feliz! Ele será *tosado*! Adeus, camarada!

Não posso dizer o que se passou em mim. Eu era, de fato, o camarada desses homens. A Grève é a irmã de Toulon. Desse ponto de vista, eu estava colocado até mais baixo que eles: eles me reverenciavam. Tremi.

Sim! O camarada deles! E mais alguns dias, eu mesmo poderia ter sido um espetáculo para eles.

Eu permanecera na janela, imóvel, perplexo, paralisado. Mas quando vi os cinco cordões avançarem, lançarem-se em minha direção com palavras de uma cordialidade infernal, quando ouvi o tumultuoso estrondo de suas correntes, de seu clamor, de seus passos ao pé da muralha, pareceu-me que aquela multidão de demônios ia galgar até minha miserável cela. Soltei um berro, lancei-me contra a porta com uma violência que poderia quebrá-la, mas não havia meios de fugir. As travas estavam fechadas por fora. Eu batia, chamava com fúria. Então me pareceu ouvir cada vez mais perto as apavorantes vozes dos forçados. Tinha a impressão de ver suas cabeças horrendas aparecerem na beira da minha janela; soltei um segundo grito de angústia, e caí desmaiado.

XIV

Quando voltei a mim, era noite. Estava deitado num catre; uma lâmpada que vacilava no teto fez-me ver outros catres alinhados de cada lado do meu. Compreendi que me haviam transportado para a enfermaria.

Fiquei alguns instantes desperto, mas sem pensamentos e sem lembranças, inteiramente voltado para a felicidade de estar em uma cama. É claro que em outros tempos esta cama de hospital e de prisão me teria feito recuar de repugnância e de piedade; mas eu já não era o mesmo homem. Os lençóis eram cinza e rudes ao toque, o cobertor fino e furado; sentia-se a palha através do colchão. Mas, e daí? Meus membros podiam desentorpecer à vontade entre esses lençóis grosseiros; sob esse cobertor, por mais leve que fosse, eu sentia dissipar pouco a pouco o frio horrível na medula dos ossos ao qual me habituara. Voltei a dormir.

Um grande barulho me acordou; era madrugada. O barulho vinha de fora. Minha cama ficava ao lado da janela; levantei de modo a ver do que se tratava.

A janela dava para o grande pátio do Bicêtre. Esse pátio estava repleto de gente; duas fileiras de veteranos estavam tendo dificuldades para manter livre, em meio a essa multidão, um caminho estreito que atravessava o pátio. Entre esse duplo alinhamento de soldados, vinham lentamente, sacolejando a cada pedra do calçamento, cinco longas carroças carregadas de homens; eram os forçados que partiam.

As carroças estavam descobertas. Cada grilhão ocupava uma. Os forçados estavam sentados de lado sobre cada uma das beiradas, encostados uns aos outros, separados pela corrente comum que se estendia ao longo da carreta, e sobre a extremidade da qual um algoz de pé, com o fuzil carregado, estava a postos. Ouvia-se o ranger das correntes e, a cada sacudida do carro, via-se saltar as cabeças e balançar as pernas penduradas daqueles homens.

Uma chuva fina e penetrante gelava o ar e colava em suas coxas as calças de tela, transformadas de cinza em pretas. Suas barbas longas, seus cabelos curtos, escorriam; seus rostos estavam roxos, podia-se ver que tremiam, e os dentes rangiam de raiva e de frio. Fora isso, nenhum movimento possível. Uma vez rebitado àquela corrente não se é nada mais do que uma fração desse conjunto horrendo que chamam cordel e que se move como um só homem. A inteligência deve abdicar, a coleira das galés a condena à morte; e quanto à parte animal, ela só pode ter necessidades e apetites em horas fixas. Assim, imóveis, a maior parte seminua, cabeças descobertas e pés pendurados, eles começavam sua viagem de vinte e cinco dias, carregados nas mesmas carroças, vestidos com as mesmas roupas para o sol a pino de julho e para as frias chuvas de novembro. Dir--se-ia que os homens querem colocar o céu pela metade em seu ofício de carrascos.

Estabelecera-se entre a multidão e as carroças não sei que horrível diálogo: injúrias de um lado, bravatas de outro, imprecações de ambas as partes; mas, a um sinal do capitão, vi os golpes de vara choverem ao acaso dentro das carroças, sobre os ombros ou as cabeças, e tudo entrou nessa espécie de calma exterior que chamamos de *ordem*. Mas os olhos estavam repletos de vingança, e os punhos dos miseráveis se crispavam em seus joelhos.

As cinco carroças, escoltadas por gendarmes a cavalo e comitres a pé, desapareceram sucessivamente sob a alta porta arcada do Bicêtre. Uma sexta as seguiu, na qual sacudiam atabalhoadamente as caldeiras, as gamelas de cobre e as correntes de reserva. Alguns contramestres que se atrasaram na cantina saíram correndo para alcançar seu grupamento. A multidão se desmanchou. Todo esse espetáculo se apagou como uma fantasmagoria. Ouvia-se pouco a pouco enfraquecer no ar o som pesado das rodas e das patas dos cavalos sobre a estrada pavimentada de Fontainebleau, o estalo dos chicotes, o tinido das correntes e os berros do povo que desejava maldição à viagem da chusma.

E para eles era apenas o começo!

O que me dizia, então, o advogado? As galés? Ah! Não, mil vezes antes a morte! Antes o cadafalso às galés; antes o vazio ao inferno; antes livrar meu pescoço à lâmina de Guillotin que à canga dos verdugos! As galés, meu Deus do céu!

XV

Infelizmente eu não estava doente. No dia seguinte foi preciso sair da enfermaria. A masmorra me recebeu de volta.

Não estou doente! Com efeito, sou jovem, são e forte. O sangue corre livremente em minhas veias; todos os meus membros obedecem a todos os meus caprichos; sou robusto de corpo e alma, constituído para uma vida longa; sim, tudo isso é verdade; e contudo tenho uma doença, uma doença mortal, uma doença feita pela mão dos homens.

Desde que saí da enfermaria veio-me uma ideia lancinante, uma ideia de deixar louco, de que talvez eu poderia ter escapado se me tivessem deixado. Os médicos, as irmãs de caridade pareciam mostrar interesse por mim. Morrer tão jovem e de uma tal morte! Dir-se-ia que se compadeciam de mim, tão zelosos pareciam à minha cabeceira. Bah! Curiosidade! E depois, essas pessoas que aplicam remédios sabem medicar bem uma febre, mas não uma sentença de morte. E todavia isso lhes seria tão fácil! Uma porta aberta! Que diferença faria para eles?

Mas agora não tem mais jeito! Meu recurso será indeferido porque tudo está em regra: as testemunhas testemunharam, os acusadores acusaram, os juízes julgaram. Eu não conto mais... a menos que... Não, loucura! Chega de esperança! O recurso é uma corda que nos mantém suspensos à beira do abismo e que escutamos estalar a cada instante, até que ela se quebre. É como se a lâmina da guilhotina demorasse seis semanas para cair.

E se eu recebesse uma graça? Receber uma graça! E de quem? E por quê? E como? É impossível que me concedam uma graça. Dar exemplo, é o que dizem.

Faltam apenas três passos para eu dar: o Bicêtre, a Conciergerie*, a Grève.

* Parte medieval do atual Palácio de Justiça no centro de Paris. Prisão onde os condenados ficavam antes de serem levados ao cadafalso da praça da Grève. [N.T.]

XVI

Durante as poucas horas que passei na enfermaria, sentei perto de uma janela, ao sol — ele reaparecera —, ou pelo menos recebendo do sol tudo o que as grades da janela me concediam.

Estava ali, minha cabeça pesada e fervendo entre minhas mãos, que carregavam mais do que podiam, meus cotovelos apoiados nos joelhos, os pés nas barras da cadeira, pois o abatimento fazia com que me curvasse e me dobrasse sobre mim mesmo como se não tivesse mais ossos nos membros nem músculos na carne.

O fedor asfixiante da prisão me sufocava mais do que nunca, eu ainda tinha nos ouvidos todo o barulho das correntes dos calcetas e sentia um grande cansaço do Bicêtre. Acreditava que o bom Deus deveria ter piedade de mim e me enviar ao menos um passarinho para cantar ali, defronte, na beira do telhado.

Não sei se foi o bom Deus ou o demônio que realizou meu desejo; mas quase na mesma hora ouvi alçar perto de mim uma voz, não a de um pássaro, mas bem melhor: a voz pura, fresca, aveludada de uma menina de quinze anos. Ergui a cabeça como em sobressalto, escutei avidamente a canção que ela cantava. Era uma melodia langorosa, uma espécie de arrolo triste e lamentoso; eis a letra:

Foi na rua dos Cheiros
Onde fui abrochado,
        Malorado,
Por três jovens brejeiros,
    Lirlonfa malurete,
Que me ataram o rabo,
    Lirlonfa malorado.

Não saberia expressar quão amargo foi meu desapontamento. A voz continuou:

Que me ataram o rabo,
        Malorado.
Eles me puseram o grilho,
    Lirlonfa malurete,
Grande Deduro se veio,
    Lirlonfa malorado.
Passou pelo meu trilho
    Lirlonfa malurete,
Um larápio do bairro,
    Lirlonfa malorado.

Um larápio do bairro.
        Malorado.
— Vá dizer a minha nhora,
    Lirlonfa malurete,
Que estou engaiolado,
    Lirlonfa malorado.
Minha nhora tá fula,
    Lirlonfa malurete,

M'diz: que tu me jura?
Lirlonfa malorado.

M'diz: que tu me jura?
Malorado.
— Fiz suar um carvalho,
Lirlonfa malurete,
Enluvei seu cascalho,
Lirlonfa malorado,
Seu cascalho e sua hora,
Lirlonfa malurete,
E as fivelas do calçado,
Lirlonfa malorado.

E as fivelas do calçado,
Malorado.
A nhora vai pra Versalhes,
Lirlonfa malurete,
Aos pés de sua majestade,
Lirlonfa malorado.
E lhe solta um lero,
Lirlonfa malurete,
Pra me fazer desgaiolar,
Lirlonfa malorado.

Pra me fazer desgaiolar,
Malorado.
— Ah! Se eu sou desgaiolado.
Lirlonfa malurete,
Minha nhora eu nobilito,
Lirlonfa malorado,

Lhe farei usar peruca,
    Lirlonfa malurete,
E sapato galochado,
    Lirlonfa malorado.

E sapato galochado,
        Malorado.
Mas o grão dabo se zanga,
    Lirlonfa malurete,
Diz: — por meu reinado,
    Lirlonfa malorado,
Lhe farei dançar a dança,
    Lirlonfa malurete,
Onde não tem soalho,
    Lirlonfa malorado.*

Não ouvi, e não teria conseguido ouvir, mais do que isso. O sentido meio entendido meio encoberto dessa horrível queixa, a luta do salteador contra o gueto, o ladrão que ele encontra e despacha para sua mulher, a mensagem medonha: assassinei um homem e fui preso, *fiz suar um carvalho e estou engaiolado*; a mulher que corre até Versalhes com uma petição de graça, e a *Majestade* que fica indignada e ameaça o culpado de lhe fazer dançar *a dança onde não tem soalho*; e tudo isso cantado com a melodia mais doce e pela mais meiga voz que jamais embalou ouvido humano!... Fiquei atormentado, gelado, abatido. Era algo repugnante todas essas palavras monstruosas

* Ver à p. 153 nota de Victor Hugo, bem como a versão francesa da canção (p. 155), acompanhada do fac-símile com explicação das gírias (p. 154). [N.E.]

saindo daquela boca vermelha e fresca. Era como a baba de uma lesma sobre uma rosa.

Não saberia exprimir o que senti; estava ao mesmo tempo ferido e afagado. O dialeto dos antros e das galés, essa língua sangrenta e grotesca, essa gíria horrenda mesclada a uma voz de donzela, graciosa transição da voz de uma criança à de uma mulher! Todas essas palavras disformes e malfeitas, cantadas, cadenciadas, peroladas.

Ah! Como é infame uma prisão! Há nela um veneno que macula tudo. Tudo é conspurcado, até mesmo a canção de uma menina de quinze anos! Se encontramos um pássaro, haverá lama em suas asas; se colhemos uma bela flor e a aspiramos: ela fede.

XVII

Oh! Se eu fugisse, como correria pelos campos!

Não, não deveria correr. Isso faz com que olhem e suspeitem. Ao contrário, andar lentamente, com a cabeça erguida, cantando. Procurar obter algum velho capote azul com desenhos vermelhos. Isso disfarça bem. Todos os hortelões da região usam algo desse tipo.

Conheço um matagal perto de Arcueil, ao lado de um pântano, onde, quando estava na escola, ia pescar rãs com meus camaradas todas as quintas-feiras. Ali me esconderia até cair a tarde.

Quando anoitecer, retomaria meu caminho. Iria para Vincennes. Não, o rio me impediria. Iria para Arpajon. Talvez fosse melhor ir para os lados de Saint-Germain, e me dirigir a Le Havre, e dali embarcar para a Inglaterra. Não importa! Chegarei a Longjumeau. Um gendarme passa, pede meu passaporte... Estou perdido!

Ah! Infeliz sonhador! Pois quebre antes a espessa parede de três pés que o aprisiona! A morte! A morte!

Quando penso que vim garoto passear no Bicêtre, ver os grandes poços e os loucos!

XVIII

Enquanto escrevia tudo isso, a luz da lamparina empalideceu, o dia chegou, o relógio da capela soou seis horas.

O que isso significa? O carcereiro de turno acaba de entrar na minha cela, tirou seu chapéu, saudou-me, pediu desculpas por me perturbar e perguntou-me, suavizando o quanto pôde a sua rude voz, o que eu desejava almoçar... Um calafrio correu meu corpo. Vai ser hoje?

XIX

É hoje!

O diretor da prisão em pessoa acaba de me visitar. Perguntou-me no que ele poderia ser-me agradável e útil, exprimiu o desejo de que eu não tivesse do que me queixar; dele ou de seus subordinados, informou-se com interesse sobre a minha saúde e como eu havia passado a noite. Ao me deixar, chamou-me de *senhor*!

É hoje!

XX

Ele não acredita, esse carcereiro, que eu tenha do que me queixar dele e de seus subcarcereiros. Ele tem razão. Seria desagradável de minha parte me queixar; eles estão fazendo o seu trabalho, guardaram-me bem; e depois, foram corretos quando da minha chegada e da minha partida. Eu não deveria estar contente?

Esse bom carcereiro, com seu sorriso benévolo, suas palavras afáveis, seu olho que lisonjeia e vigia, suas mãos grossas e largas, é a prisão encarnada, é o Bicêtre fazendo-se homem. Tudo é prisão à minha volta. Reconheço o cárcere sob todas as suas formas: sob a forma humana assim como sob a forma de grade ou de ferrolho. Esse muro é prisão de pedra; essa porta é prisão de madeira; esses carcereiros são prisão em carne e osso. A prisão é uma espécie de ser horribilíssimo, completo, indivisível, metade edifício, metade ser humano. Eu sou a presa; ela me envolve, me enreda com todas as suas pregas. Ela me aprisiona em suas muralhas de granito, me trancafia sob seus ferrolhos de aço e me vigia com seus olhos de carcereiro.

Ah! Miserável! O que será de mim? O que farão de mim?

XXI

Estou mais calmo agora. Tudo acabou, acabou completamente. Saí da horrível ansiedade na qual a visita do diretor me lançara. Pois, confesso, ainda tinha esperanças. Agora, graças a Deus, não espero mais nada.

Eis o que acaba de acontecer.

No momento em que soavam as seis e meia — não, já eram quinze para as sete —, a porta da minha cela se abriu novamente. Um ancião de cabelos brancos, vestido com uma sobrecasaca castanha, entrou. Ele entreabriu a sobrecasaca. Vi uma batina, um peitilho. Era um padre.

Esse padre não era o capelão do cárcere. Isso me pareceu sinistro.

Ele se sentou à minha frente com um sorriso benevolente; então balançou a cabeça e ergueu os olhos para o céu, quer dizer, para a abóbada da masmorra. Compreendi-o.

— Meu filho — disse-me —, estás preparado?

Respondi com a voz fraca:

— Não estou preparado, mas estou pronto.

Então minha vista se turvou, um suor gelado passou a correr de uma só vez por todos os meus membros, senti as têmporas latejarem e meus ouvidos encheram-se de zumbidos.

Enquanto vacilava em minha cadeira como que entorpecido, o bom velhinho falava. Ao menos foi o que me pareceu, e creio me lembrar ter visto seus lábios se mexerem, suas mãos se agitarem, seus olhos reluzirem.

A porta se abriu uma segunda vez. O barulho das fechaduras nos arrebatou, a mim do meu estupor, a ele de seu discurso. Uma espécie de funcionário vestido de negro, acompanhado do diretor da prisão, apresentou-se e me saudou enfaticamente. Esse homem tinha no rosto algo da tristeza oficial dos empregados das funerárias. Carregava um rolo de papel nas mãos.

— Senhor — disse-me com um sorriso de cortesia —, sou o oficial de justiça da corte real de Paris. Tenho a honra de lhe trazer uma mensagem da parte do senhor procurador-geral.

O primeiro susto tinha passado. Toda a minha presença de espírito voltara.

— Foi o senhor procurador-geral — respondi — que pediu minha cabeça de maneira tão premente? Quanta honra que ele me escreva. Espero que minha morte lhe dê bastante prazer, pois seria terrível para mim pensar que ele a teria solicitado com tanto ardor e que depois ela lhe seja indiferente.

Disse isso tudo e retomei com a voz firme:

— Leia, senhor!

Ele se pôs a ler um longo texto, elevando a entonação ao fim de cada linha e hesitando a cada palavra. Era o indeferimento de meu recurso.

— A sentença será executada hoje na praça da Grève — acrescentou ao terminar, sem erguer os olhos do papel timbrado. — Partiremos às sete e meia em ponto para a Conciergerie. Caro senhor, terá a extrema gentileza de seguir-me?

Eu não escutava mais havia alguns instantes. O diretor conversava com o padre; o homem tinha os olhos fixos no papel; eu olhava para a porta, que permanecera entreaberta…

— Ah! Miserável! Quatro soldados no corredor!

O oficial de justiça repetiu sua pergunta, olhando-me dessa vez.

— Quando quiser — respondi. — A seu dispor.

Ele despediu-se dizendo:

— Terei a honra de vir buscá-lo em meia hora.

Então deixaram-me só.

Um meio de fugir, meu Deus! Um meio qualquer! Eu preciso escapar! Preciso! Imediatamente! Pelas portas, pelas janelas, pelo telhado! Deveria ao menos deixar alguma carne minha nas vigas!

Oh! Raiva! Demônios! Maldição! Seriam necessários meses para perfurar essa muralha com boas ferramentas, e não tenho nem um prego, nem uma hora!

XXII

Na Conciergerie.

Eis-me *transferido*, como consta nos autos.

Mas vale a pena contar a viagem.

Sete e meia soavam quando o oficial de justiça se apresentou novamente à entrada da minha cela.

— Senhor — disse-me —, estou à sua espera.

Desgraçado de mim! Ele e outros!

Levantei-me, dei um passo. Pensei que não conseguiria dar um segundo, tanto minha cabeça estava pesada e minhas pernas fracas. Contudo, recompus-me e continuei com o porte mais seguro. Antes de sair da masmorra, passeei o olhar em torno dela uma última vez. Eu o amava, o meu calabouço. Depois deixei-o vazio e aberto; o que dá a uma masmorra um aspecto singular.

De resto, ela não permanecerá assim muito tempo. Já esta noite alguém é esperado, dizem os porteiros, um condenado que o tribunal está fazendo neste exato momento.

No final do corredor o capelão nos alcançou. Ele tinha acabado de tomar o café da manhã.

Ao sair do cárcere, o diretor tomou afetuosamente minha mão e reforçou minha escolta com mais quatro veteranos.

Em frente à porta da enfermaria, um velho moribundo gritou para mim: "Até mais ver!"

Chegamos ao pátio. Respirei; isso me fez bem.

Não caminhamos muito tempo ao ar livre. Um carro com cavalos de posta atrelados estava estacionado no primeiro pátio; era o mesmo carro que me trouxera: uma espécie de cabriolé oblongo, dividido em duas seções por uma grade transversal de malha de ferro tão espessa que parecia tricotada. As duas seções têm cada qual uma porta, uma na frente e a outra atrás da caleche. Tudo ali era tão sujo, tão escuro, tão poeirento que em comparação a um carro funerário para pobres parece uma carruagem episcopal.

Antes de me sepultar nesse túmulo sobre rodas, lancei um olhar ao pátio, um desses olhares desesperados frente aos quais tem-se a impressão de que as muralhas vão desmoronar. O pátio, espécie de pracinha plantada com árvores, estava ainda mais atravancado de espectadores que para os forçados. A multidão já estava a postos!

Como no dia da partida para as galés, caía uma chuva sazonal, uma chuva fina e gelada que continua caindo neste momento em que escrevo, e que cairá sem dúvida o dia todo, que vai durar mais do que eu.

Os caminhos estavam esburacados, o pátio repleto de barro e de água. Senti prazer em ver aquela multidão no meio da lama.

Subimos; o oficial de justiça e um gendarme no compartimento da frente; o padre, eu e mais um gendarme no outro. Quatro gendarmes a cavalo ficaram em volta do carro. Assim, sem contar o condutor, havia oito homens para um homem.

Enquanto eu subia, uma velha de olhos cinzentos dizia:

— Gosto muito mais disso do que dos acorrentados.

Entendo. É um espetáculo que uma única olhada abarca por inteiro: num piscar de olhos tudo está visto. É tão bonito quanto o outro, porém mais cômodo. Nada distrai a atenção. Há apenas um homem, e sobre esse único homem tanta miséria quanto sobre todos os forçados ao mesmo tempo. Simplesmente é menos disperso: é como um licor concentrado, muito mais saboroso.

O carro se pôs em marcha. Fez um barulho surdo ao passar sob a abóbada da grande porta, em seguida desembocou na avenida, e os pesados portões do Bicêtre se fecharam atrás dele. Sentia um certo estupor ao ser levado, como um homem em estado de letargia que não pode nem se mover nem gritar e que percebe que o estão enterrando. Eu ouvia vagamente os cachos de sinos pendurados no pescoço dos cavalos de posta soarem em cadência, como soluços, as rodas ferradas rangerem sobre o pavimento, o galope sonoro dos gendarmes em volta da caleche, o chicote do condutor estalando. Tudo aquilo me parecia um furacão me levando para longe.

Através das grades de um postigo perfurado na minha frente, meus olhos se fixaram automaticamente na inscrição gravada em grandes letras acima da grande porta do Bicêtre: HOSPÍCIO DA VELHICE.

— Ora — pensei —, deve até haver gente que envelhece ali.

E como fazemos quando estamos naquele estado entre a vigília e o sono, revirava essa ideia de todos os lados em meu espírito entorpecido de dor. De repente, ao passar da avenida à estrada, o ponto de vista da lucarna mudou. As torres da catedral de Notre-Dame vieram se enquadrar, azuis e semi-apagadas pelas brumas de Paris. Imediatamente o ponto de vista de meu espírito mudou também. Tornara-me uma máquina como o carro. À ideia do Bicêtre sucedeu a ideia das torres de Notre-Dame.

— Os que se colocarão na torre onde está a bandeira terão uma ótima vista — disse comigo mesmo, sorrindo estupidamente.

Acho que foi nesse momento que o padre se pôs novamente a falar comigo. Deixei-o falar pacientemente. Já tinha nos ouvidos o ruídos das rodas, o galope dos cavalos, o chicotear do condutor. Era apenas mais um ruído.

Estava escutando em silêncio essa enxurrada de palavras monótonas que abrandavam meus pensamentos como o murmurar de uma fonte e que passavam à minha frente, sempre diversas e sempre as mesmas, como os olmos retorcidos da estrada, quando a voz breve e brusca do oficial de justiça, no banco da frente, veio subitamente me despertar.

— Pois bem, senhor vigário — dizia num tom quase alegre —, quais são as novas?

Era para o padre que ele se voltava falando assim.

O capelão, que não parava de falar comigo e que o carro ensurdecia, não respondeu.

— É — retomou o oficial de justiça erguendo a voz para superar o barulho das rodas —, que carro infernal!

Infernal, com efeito!

Ele continuou.

— Sem dúvida são estes solavancos. Não dá para se ouvir. O que eu queria dizer mesmo? Tenha o obséquio de me lembrar o que eu queria dizer, senhor vigário. Ah! Sabe qual é a grande novidade em Paris hoje?

Sobressaltei-me, como se ele falasse de mim.

— Não — disse o padre, que finalmente tinha ouvido —, não tive tempo de ler os jornais esta manhã. Verei isso hoje à noite. Quando estou ocupado assim o dia inteiro, recomendo ao zelador para que ele guarde os jornais para mim, e eu os leio ao voltar para casa.

— Bah! — retomou o oficial de justiça. — É impossível que o senhor não saiba disso. A grande novidade de Paris! A grande novidade desta manhã!

Eu tomei a palavra:

— Creio saber.

O oficial de justiça me olhou.

— O senhor! Realmente? Neste caso, o que seria?

— Como o senhor é curioso! — disse eu.

— Por quê, senhor? — replicou o oficial de justiça. — Cada um tem a sua opinião política. Estimo-o sobremaneira para acreditar que o senhor não teria a sua. Quanto a mim, sou decididamente pelo restabelecimento da Guarda Nacional. Fui sargento da minha companhia e, palavra de honra, era muito agradável.

Eu o interrompi.

— Não pensava que fosse disso que se tratava.

— E do que seria então? O senhor disse que sabia da novidade...

— Eu falava de uma outra, da qual Paris também se ocupa hoje.

O imbecil não entendeu, sua curiosidade despertou.

— Uma outra novidade? Onde é que o senhor conseguiu ficar sabendo das novidades? Qual seria, por obséquio, meu caro senhor? O senhor saberia o que é, senhor vigário? Está mais a par do que eu? Inteire-me do assunto, eu lhe peço. Do que se trata? Pois, meu caro, gosto muito de novidades, eu as conto ao senhor presidente e isso o diverte.

E mil baboseiras. Voltava-se para mim ou para o padre alternadamente, e eu respondia apenas balançando os ombros.

— Pois bem — perguntou —, em que pensava então?

— Penso — respondi — que não pensarei mais esta noite.

— Ah! É isso — replicou ele. — Ora, o senhor está muito triste! O senhor Castaing foi conversando.

E então, depois de um silêncio:

— Conduzi o senhor Papavoine. Ele usava um chapéu de lontra e fumava um charuto. Quanto aos jovens de La Rochelle, falavam apenas entre eles. Mas falavam.

Ele fez mais uma pausa e prosseguiu:

— Loucos! Entusiastas! Davam a impressão de desprezar todo o mundo. Quanto ao senhor, eu o acho bastante pensativo, meu jovem.

— Jovem? — disse-lhe. — Sou mais velho que o senhor. A cada quinze minutos que se vão, envelheço um ano.

Ele se voltou, olhou-me alguns minutos com um pasmo estúpido, em seguida pôs-se a zombar rudemente.

— Ora, o senhor está brincando! Mais velho que eu! Eu poderia ser seu avô.

— Não estou brincando — respondi gravemente.

Ele abriu sua tabaqueira.

— Tome, caro senhor, não fique bravo. Uma pitada de tabaco e não me guarde rancor.

— Não tenha medo, não terei muito tempo para guardar.

Nesse momento a tabaqueira que ele me oferecia encontrou a grade que nos separava. Um solavanco a fez bater violentamente e ela caiu toda aberta nos pés do gendarme.

— Maldita grade! — exclamou o oficial de justiça.

Ele se voltou para mim.

— Ora, não sou infeliz? Todo o meu tabaco perdido!

— Eu perco mais que o senhor — respondi sorrindo.

Ele tentou recuperar o tabaco, murmurando entre os dentes:

— Mais do que eu! Isso é fácil dizer. Sem tabaco até Paris! É terrível!

O capelão então lhe dirigiu algumas palavras de consolo, e não sei se foi porque me sentia perturbado, mas tive a impressão de que era o prosseguimento da exortação que me era inicialmente destinada. Pouco a pouco a conversa entre o padre e o oficial de justiça tomou rumo. Deixei que falassem do lado deles e pus-me a pensar do meu.

Quando alcançamos a porta da cidade, ainda estava perturbado sem dúvida, mas me parecia que Paris fazia mais barulho que de costume.

O carro parou um momento em frente do posto de inspeção. Os fiscais da vila o vistoriaram. Se fosse um carneiro ou um boi que estivessem levando para o açougue, teria sido preciso lhes dar uma bolsa de dinheiro; mas uma cabeça humana não paga taxas. Passamos a porta.

Transposto o bulevar, a caleche mergulhou a galope nas velhas ruas tortuosas do *faubourg* Saint-Marceau e da ilha da Cité que serpenteavam e se entrecortavam como os mil caminhos de um formigueiro. Sobre os paralelepípedos dessas ruas estreitas, o rodar do carro tornou-se tão barulhento e tão rápido que eu não conseguia ouvir mais nada do barulho exterior. Quando lançava o olhar através da lucarna quadrada, parecia-me que a massa de passantes parava para observar o carro e que bandos de crianças corriam atrás dele. Tive também a impressão de ver de tempos em tempos, aqui e lá nos cruzamentos, um homem ou uma velha em farrapos, às vezes os dois juntos, carregando um maço de folhas impressas que os passantes disputavam, abrindo a boca como num grande grito.

Oito e meia soavam no relógio do Palácio de Justiça no momento em que chegávamos ao pátio da Conciergerie. A visão da grande escadaria, da capela negra, dos sinistros guichês, gelou-me. Quando o carro parou, pensei que as batidas do meu coração iriam parar também.

Retomei as forças. A porta se abriu com a rapidez de um raio; saltei para fora da masmorra sobre rodas e segui a grandes passadas sob a abóbada entre duas fileiras de soldados. Uma multidão já se formara à minha passagem.

XXIII

Enquanto caminhava pelas galerias públicas do Palácio de Justiça, sentia-me quase livre e à vontade; mas toda a minha segurança me abandonou quando começaram a abrir à minha frente portas baixas, escadas secretas, corredores internos, longas passagens abafadas onde só entram os que condenam ou os que são condenados.

O oficial de justiça continuava ao meu lado. O padre tinha me deixado para voltar em duas horas: tinha compromissos.

Conduziram-me ao gabinete do diretor, às mãos do qual o oficial de justiça me entregou. Era uma troca. O diretor solicitou que ele ficasse mais um instante, anunciando que teria mais uma *preia* a lhe entregar para que ele conduzisse imediatamente ao Bicêtre no retorno do carro. Sem dúvida o condenado de hoje, o que deverá dormir esta noite na meda de palha que não tive tempo de usar.

— Tudo bem — disse o oficial de justiça ao diretor —, esperarei um momento; faremos os dois autos ao mesmo tempo, isso me convém até mais.

Enquanto isso, colocaram-me num pequeno gabinete contíguo ao do diretor. Ali me deixaram só, bem trancafiado.

Não sei em que pensava, nem há quanto tempo estava lá, quando uma brusca e violenta gargalhada despertou-me do meu devaneio.

Ergui os olhos tremendo. Não estava mais sozinho na sala. Um homem estava ali comigo, um homem de uns cinquenta e cinco anos, de estatura mediana; enrugado, encurvado, grisalho; os membros atarracados; um olhar suspeito em olhos cinzentos, um riso amargo no rosto; sujo, vestindo trapos, seminu, repugnante ao olhar.

Parecia que a porta se abrira, vomitara-o lá dentro e depois se fechara novamente sem que eu tivesse me dado conta. Se a morte pudesse vir dessa maneira!

Olhamo-nos fixamente por alguns segundos, o homem e eu. Ele prolongando seu riso que parecia um estertor; eu, meio espantado, meio amedrontado.

— Quem é você? — perguntei finalmente.

— Que pergunta mais estranha! — respondeu. — Um *friauche*.

— Um *friauche*? O que quer dizer isso?

Essa pergunta redobrou sua alegria.

— Quer dizer — exclamou em meio a uma gargalhada — que o carango vai brincar de fazer cesta com a minha *sorbonne* em seis semanas, como vai fazer com o seu quengo daqui a seis horas. Ha, ha! Parece que agora você está entendendo.

Na realidade estava pálido e meus cabelos se eriçavam na cabeça. Era o outro condenado, o condenado do dia, o que estava sendo esperado no Bicêtre, meu herdeiro.

Ele continuou:

— O que você quer? Eis a minha história. Sou filho de um bom cafumango; é pena que Charlot* tenha se dado ao trabalho

---

* CHARLOT: o carrasco. GRAVATA: corda. MINHAS CONCHAS: minhas mãos. UM ESCARAFUNCHADOR: um bolso. DESFIAR UMA PELE: roubar um casaco. UM CANTANTE: um vigarista. UM GATUNO: um ladrão. ESVAZIAVA UMA MALOCA, DESPREGAVA UMA CHAVE: roubava casas, arrombava fechaduras. NUMA MARINA: nas galés. UM PANO DE CHÃO DE UM PADRECO: uma

de dar o nó na gravata dele. Era quando a forca reinava, pela graça de Deus. Com seis anos já não tinha mais pai nem mãe. No verão, fazia cambalhotas na poeira das estradas para que me jogassem uma moeda pela janela das carroças de posta; no inverno, andava de pés no chão na lama assoprando meus dedos roxos; podia-se ver minhas pernas através da calça. Com nove anos, comecei a me servir das minhas conchas; de vez em quando eu esvaziava um escarafunchador, desfiava uma pele. Com dez anos já era um cantante. Então fiz minhas amizades. Com dezessete era um gatuno. Esvaziava uma maloca, despregava uma chave. Me pegaram. Já tinha idade; me enviaram para remar numa marina. As galés, é dureza: dormir numa prancha, beber água, comer pão seco, arrastar para todo lado uma grilheta imbecil que não serve pra nada; chibatadas e insolação. Com isso tudo a gente fica tosado, e eu que tinha lindos cabelos castanhos... Deixa pra lá. Cumpri meu tempo. Quinze anos, isso se conquista! Tinha trinta e dois anos. Um belo dia me deram um passaporte e sessenta e seis francos que eu tinha acumulado nos meus quinze anos de galés, trabalhando dezesseis horas por dia, trinta dias por mês e doze meses por ano. Tudo bem, eu queria me tornar um homem honesto com os meus sessenta e seis francos e tinha melhores sentimentos sob meus trapos do que os que existem sob o pano de chão de um padreco. Mas que o diabo carregue o maldito passaporte! Era amarelo e vinha escrito: "forçado liberto". Era

---

batina de abade. CABANAR: morar. CAVALO DE RETORNO: reenviado às galés. OS BOINAS VERDES: os condenados à prisão perpétua. CHEFIA: chefe. DESPACHAVAM NOS TRILHOS: assassinavam nas estradas. OS MERCADORES DE LAÇOS: os policiais. MANOS: camaradas. O CEIFEIRO: o carrasco. DESPOSOU A VIÚVA: foi enforcado. A ABADIA DO MONTE-A-CONTRAGOSTO: a guilhotina. CARAGOLAS FACE À DESCARADA: covarde face à morte. A PRACETA: a praça da Grève. VOS'SENHORIO: o senhor. O JAVALI: o padre.

preciso mostrar aquilo onde quer que eu fosse e apresentá-lo de oito em oito dias ao prefeito do vilarejo onde me forçavam a cabanar. Que bela recomendação! Um forçado! Eu dava medo, e as crianças fugiam ao me ver, e batiam as portas. Ninguém queria me dar trabalho. Acabei comendo meus sessenta e seis francos. E depois, foi preciso sobreviver. Eu mostrava meus braços bons para a labuta e fechavam-me as portas. Ofereci meu dia de trabalho por quinze *sous*, por dez *sous*, por cinco *sous*. Nada. O que fazer? Um dia, fiquei com fome. Dei uma cotovelada na vidraça de um padeiro; catei o pão e o padeiro me catou; não comi o pão e recebi as galés à vida e mais três letras de fogo no ombro. Eu lhe mostro, se quiser. Chamam esse tipo de justiça de "reincidência". E então virei cavalo de retorno. Mandaram-me de novo pra Toulon; dessa vez com os boinas verdes. Eu precisava fugir. Para tanto, só tinha que perfurar três muros, cortar duas correntes, e eu tinha um prego. Escapei. Dispararam o canhão de alerta; pois nós, nós somos como os cardeais de Roma, nos vestimos de vermelho e disparam o canhão quando vamos embora. A pólvora deles acertou apenas os sabiás. Dessa vez nada de passaporte amarelo, mas também nada de dinheiro. Encontrei uns camaradas que também tinham feito o seu tempo ou desfeito seus laços. A chefia deles me propôs de me juntar a eles; despachavam nos trilhos. Aceitei e pus-me a matar para viver. Era ora uma diligência, ora uma carroça de posta, ora um mercador de bois a cavalo. Pegávamos o dinheiro, deixávamos o animal ou o carro seguir ao acaso e enterrávamos o homem debaixo de alguma árvore, tomando cuidado para que os pés não ficassem de fora; depois dançávamos sobre a cova para que a terra não parecesse ter sido recentemente revirada. Envelheci assim, puxando palha por aí, dormindo à luz das estrelas, caçado de um bosque a outro, mas pelo menos livre e dono do meu nariz. Tudo tem um fim, e este vale tanto quanto um outro. Uma bela noite os mercadores de laços nos pegaram de jeito. Meus manos conseguiram fugir, mas eu, o mais velho, fiquei entre as presas desses gatos de chapéu galonado. Trouxeram-me aqui. Já tinha galgado todos os patamares da escada, com a exceção de um. Ter roubado um lenço ou matado um homem, era tudo a mesma coisa para mim; faltava ainda uma reincidência a ser aplicada. Faltava-me apenas passar pelo ceifeiro. Meu caso foi rápido. É verdade que eu estava começando a envelhecer e a não prestar pra mais nada. Meu pai desposou a viúva, quanto a mim, vou dar um tempo na abadia do Monte-a-Contragosto. É isso aí, compadre.

Fiquei estupefato de escutá-lo. Ele se pôs a rir ainda mais alto que no início e quis me pegar a mão. Afastei-me horrorizado.

— Amigo — disse —, você não me parece muito audaz. Não me vá dar uma de cagarolas face à descarada. Pois veja, é verdade que tem um mau momento a passar na praceta; mas acaba bem rápido! Eu gostaria de estar lá para lhe mostrar o baque. Pelos deuses! Estou com vontade de não pedir recurso, se quiserem me ceifar hoje com você. O mesmo padre servirá a nós dois; para mim tanto faz ficar com os seus restos. Você vê que sou um bom menino. Hein! E então, você topa minha amizade?

Ele deu um outro passo para se aproximar de mim.

— Senhor — respondi repelindo-o —, eu lhe agradeço.

— Ah! Ah! Senhor, vos'senhorio é um marquês! É um marquês!

Eu o interrompi:

— Amigo, preciso me recolher, deixe-me.

A gravidade de minhas palavras o deixou repentinamente pensativo. Ele balançou a cabeça grisalha e quase careca; depois, cavando com suas unhas o peito veludoso, que se oferecia nu sob a camisa aberta:

— Compreendo — murmurou entre os dentes — aliás, o javali!...

Então, depois de alguns minutos de silêncio:

— Veja — disse de maneira quase tímida —, o senhor é um marquês, muito bem. Mas o senhor tem aí uma bela sobrecasaca que não lhe servirá para mais nada! O carango vai pegá-la. Dê para mim, eu a venderei para conseguir tabaco.

Tirei minha sobrecasaca e dei a ele. Ele se pôs a bater palmas com a alegria de uma criança. Então, vendo que eu estava apenas com a camisa e tremia:

— Está com frio, senhor, coloque isso. Está chovendo e o senhor vai se molhar. E depois, é preciso parecer decente na charrete.

Falando assim ele tirou seu rude capote de lã cinza e passou-o pelos meus braços. Eu o deixei fazer.

Então fui me apoiar contra a parede e não saberia descrever o efeito que me fazia aquele homem. Ele se pusera a examinar a sobrecasaca que eu lhe dera e soltava a cada instante um grito de alegria.

— Os bolsos estão novinhos! A gola não está gasta! Vou conseguir pelo menos uns quinze francos. Que felicidade! Tabaco para as minhas seis semanas!

A porta se abriu novamente. Tinham vindo nos buscar; a mim, para me conduzir à cela onde os condenados esperam a hora; a ele, para encaminhá-lo ao Bicêtre. Ele se colocou entre os soldados que deviam levá-lo e disse:

— Olhem bem! Não estão enganados. Nós trocamos de pele, o senhor ali e eu. Mas não me peguem no seu lugar. Diabo! Isso não me seria conveniente, agora que tenho como conseguir tabaco!

XXIV

Aquele velhaco tomou minha sobrecasaca, pois eu não lha dei por vontade própria, e ainda me largou com estes trapos, este capote infame. Vou ficar parecendo com quem?

Não foi por paz de espírito ou por caridade que o deixei pegar a sobrecasaca. Não; mas porque ele era mais forte do que eu. Se eu tivesse recusado, ele teria me espancado com seus grandes punhos.

Ora, caridade! Sem dúvida! Eu estava cheio de maus sentimentos. Teria preferido poder estrangulá-lo com minhas mãos, velho celerado! Poder triturá-lo sob meus pés!

Sinto meu coração cheio de raiva e exasperação. Acho que o bolso de fel acaba de estourar. A morte nos torna maus.

XXV

Levaram-me para uma cela onde havia apenas as quatro paredes, muitas grades na janela e muitos ferrolhos na porta — supérfluo dizer.

Pedi uma mesa, uma cadeira e o necessário para escrever. Trouxeram-me tudo. Então pedi uma cama. O carcereiro me olhou com aquela espécie de olhar espantado que parece dizer: "Mas por que cargas d'água?"

O fato é que montaram uma cama de vento para mim num canto. Mas ao mesmo tempo um gendarme veio se instalar no que chamam de *meu quarto*. Será que têm medo que eu me enforque com o colchão?

XXVI

São dez horas.

Ai, minha pobre filhinha! Mais seis horas e estarei morto! Serei algo imundo em exibição na mesa fria dos anfiteatros; de um lado, uma cabeça que usarão como molde, do outro, um tronco que será dissecado. Depois, do que sobrar, encherão um ataúde e tudo irá para Clamart.

Eis o que farão do teu pai, esses homens dos quais nenhum me odeia, que se compadecem e poderiam me salvar. Eles vão me matar. Tu entendes, Marie? Matar-me a sangue frio, numa cerimônia, pelo bem da coisa! Ah! Meu Deus!

Pobrezinha! Teu pai que te amava tanto, teu pai que beijava teu pescocinho branco e perfumado, que passava sem parar as mãos nos cachos dos teus cabelos como sobre uma seda, que pegava teu lindo rostinho redondo nas mãos, que te balançava nos joelhos e, de noite, unia tuas duas mãozinhas para rezar a Deus!

Quem te fará tudo isso agora? Quem te amará? Todas as crianças da tua idade terão pais, menos tu. Como tu te desacostumarás, minha criança, do ano-novo, das prendas, dos belos brinquedos, dos doces e dos beijos? Como tu te desacostumarás, órfã infeliz, de beber e de comer?

Oh! Se ao menos os jurados a tivessem visto, minha pequena Marie! Eles teriam compreendido que não se pode matar o pai de uma criança de três anos.

E quando ela crescer, se é que irá até lá, o que será dela? Seu pai será uma das lembranças do povo de Paris. Ela sentirá vergonha de mim e do meu nome; ela será desprezada, rechaçada, aviltada por minha causa, por causa de mim que a ama com todos os afetos do coração. Oh! Minha pequena Marie bem-amada! É verdade que tu terás vergonha e horror de mim?

Miserável! Que crime cometi e que crime estou fazendo a sociedade cometer!

Oh! Será mesmo verdade que morrerei antes do fim deste dia? Será verdade que sou eu? Esse ruído surdo de gritos que ouço lá fora, essa massa de gente alegre que já se apressa no cais, esses gendarmes que se preparam em suas casernas, esse padre de batina preta, esse outro homem de mãos vermelhas, são todos para mim! Sou eu que vou morrer! Eu, o mesmo que está aqui, que vive, se move, respira, que está sentado a esta mesa, a qual se parece com qualquer outra mesa e poderia muito bem estar em outro lugar; eu, enfim, esse eu que toco e sinto e cujas roupas formam as dobras que aqui estão!

XXVII

Se ao menos eu soubesse como isso acontece e de que maneira se morre em cima daquilo! Mas é horrível, eu não sei.

O nome da coisa é aterrorizante, e absolutamente não entendo como pude até agora escrevê-lo e pronunciá-lo. A combinação dessas dez letras, seu aspecto, sua fisionomia, tudo foi feito para despertar uma ideia assustadora, e o médico infeliz que inventou a coisa tinha um nome predestinado.

A imagem que associo a essa palavra hedionda é vaga, indeterminada, e por isso mesmo mais sinistra. Cada sílaba é como uma peça da máquina. Sem cessar eu construo e derrubo em meu espírito a monstruosa estrutura.

Não ouso fazer uma pergunta a seu respeito, mas é terrível não saber o que é exatamente, nem como encará-la. Parece que tem uma báscula e que as pessoas são deitadas de barriga... Ah! Meus cabelos já estão embranquecendo antes que minha cabeça caia!

XXVIII

No entanto eu a entrevi certa vez.

Estava passando um dia pela praça da Grève, de carro, às onze horas da manhã. De repente o carro parou.*

Havia uma multidão na praça. Encostei a cabeça na janela. Um mundaréu abarrotava a Grève e o cais, e mulheres, homens, crianças estavam de pé nos parapeitos. Por cima das cabeças, podia-se ver uma espécie de estrado de madeira vermelha onde três homens montavam algo.

Um condenado seria executado naquele mesmo dia, e estavam montando a máquina.

Desviei a cabeça antes de vê-la. Perto do carro havia uma mulher dizendo a uma criança:

— Ei, veja! A lâmina não está deslizando bem, eles vão lubrificar a ranhura com um pedaço de vela.

É provavelmente nesse estágio que eles se encontram hoje. Onze horas acabam de soar. Eles estão sem dúvida lubrificando a ranhura.

Ah! Desta vez, infeliz, não desviarei a cabeça.

---

* Alusão de Victor Hugo a sua própria experiência do terrível espetáculo. Cf. *Victor Hugo raconté par un témoin de sa vie*, "L'Échafaud", na parte "Documents". [N.T.]

XXIX

Oh! Minha graça! Minha graça! Talvez me concedam a graça. O rei não tem nada contra mim. Que tragam meu advogado! Rápido, o advogado! Eu prefiro as galés. Cinco anos de galés, e tudo terá sido resolvido. Ou vinte anos, ou a perpetuidade com o ferro de marcar. Mas concedam-me a vida!

Um forçado é alguém que ainda anda, alguém que vai e vem, alguém que vê o sol.

XXX

O padre voltou.

Ele tem os cabelos brancos, um ar muito doce, uma figura boa e respeitável; é decididamente um homem excelente e caridoso. Esta manhã, eu o vi esvaziar sua bolsa entre os prisioneiros. De onde vem o fato de sua voz não ter nada que emocione e que denote emoção? De ele ainda não ter me dito nada que me tenha tocado a inteligência ou o coração?

Esta manhã eu estava desarvorado. Mal ouvi o que ele me dizia. Ainda assim suas palavras me pareceram inúteis, e fiquei indiferente: elas deslizaram como a chuva fria sobre esse vidro gelado.

Entretanto, quando ele voltou há pouco para perto de mim, vê-lo me fez bem. Entre todos esses homens, é o único que para mim ainda parece um homem, pensei comigo mesmo. E uma ardente sede de boas e consoladoras palavras apoderou--se de mim.

Nós nos sentamos, ele na cadeira, e eu na cama. Ele me disse:

— Meu filho... — Essa palavra abriu-me o coração. O padre continuou: — Meu filho, você acredita em Deus?

— Sim, meu padre — respondi.

— Você acredita na Santa Igreja católica, apostólica e romana?

— Certamente — disse eu.

— Meu filho — retomou ele —, você parece duvidar.

Então ele se pôs a falar. Falou longamente; disse muita coisa. Depois, quando julgou ter acabado, levantou-se e olhou-me pela primeira vez desde o início de seu discurso, interrogando-me:

— E então?

Posso assegurar que o escutei com avidez no início, depois com atenção, em seguida com devotamento.

Levantei-me também.

— Senhor — respondi —, deixe-me a sós, por favor.

Ele me perguntou:

— Quando devo voltar?

— Eu o farei saber.

Então ele saiu sem cólera, mas sacudindo a cabeça, como se dissesse a si mesmo:

— Um ímpio!

Não, por mais baixo que eu tenha caído, não sou um ímpio, e Deus é testemunha de que acredito nele. Mas o que esse velho me disse? Nada de profundo, nada de tocante, nada de lamentado, nada de arrancado da alma, nada que tenha vindo do seu coração para o meu, nada que fosse dele para mim. Ao contrário, não-sei-quê de vago, de átono, de aplicável a tudo e a todos; enfático quando seria preciso profundidade, plano quando bastaria ser simples; uma espécie de sermão sentimental e de elegia teológica. Aqui e lá uma citação latina em latim. Santo Agostinho, São Gregório, que sei eu? E depois, ele parecia recitar uma lição já declamada vinte vezes, repassar um tema, obliterado em sua memória de tanto que o sabia. Nem ao menos um olhar nos olhos, nem um acento na voz, nem um gesto nas mãos.

E como poderia ser de outro jeito? Esse padre é o capelão da prisão. Sua função é consolar e exortar, e ele vive disso. Os forçados, os pacientes são responsabilidade de sua eloquência. Ele os confessa e os assiste, porque ele tem uma função a exercer. Ele envelheceu levando homens à morte. Há muito está habituado ao que faz estremecer os outros; seus cabelos, bem empoados de branco, não se eriçam mais; as galés e a guilhotina são o dia a dia para ele. Ele não mais se abala. Provavelmente tem uma caderneta; tal página, os calcetas, tal página, os condenados à morte. Avisam-no na véspera que há alguém a consolar no dia seguinte a tal hora; ele pergunta do que se trata — forçado ou supliciado? — e relê a página; e então vai. Dessa forma, ocorre que os que vão para Toulon e os que vão para a Grève são um lugar-comum para ele, e que ele é um lugar-comum para eles.

Oh! Que vão então, em vez disso, buscar para mim um jovem vigário qualquer, qualquer velho cura, ao acaso, na primeira paróquia que encontrarem; peguem-no no canto do fogo, lendo um livro e não esperando por nada; e digam-lhe:

— Há um homem que vai morrer, e é preciso que seja o senhor quem o console. É preciso que o senhor esteja lá quando lhe atarem as mãos, quando lhe cortarem os cabelos; que o senhor monte na carroça com o seu crucifixo para esconder dele o carrasco; que o senhor seja sacudido com ele pelas ruas até a Grève; que o senhor atravesse com ele a horrível massa sorvedora de sangue; que o senhor o abrace ao pé do cadafalso e que fique lá até que o corpo dele esteja de um lado e a cabeça mais adiante.

Então, que mo tragam assim, todo palpitante, todo arrepiado da cabeça aos pés; que me lancem em seus braços, em seu colo; e ele chorará, e nós choraremos, e ele será eloquente, e eu serei consolado, e meu coração esvaziar-se-á no seu, e ele arrebatará minha alma, e eu arrebatarei seu Deus.

Mas esse velhinho, o que ele significa para mim? Que sou eu para ele? Um indivíduo da espécie infeliz, uma sombra como tantas que ele já viu, uma unidade a acrescentar à soma das execuções.

Talvez esteja errado em repeli-lo assim; ele é que é bom e eu sou mau. Ai de mim! Não é minha culpa. É o meu sopro de condenado que deteriora e envilece tudo.

Acabam de trazer-me a comida; pensaram que eu devia estar precisando. Uma mesa delicada e requintada: um frango, tenho a impressão, e mais alguma coisa. Pois bem, tentei comer, mas na primeira garfada tudo caiu da minha boca, tanto aquilo me pareceu amargo e fétido!

XXXI

Acaba de entrar um senhor, um chapéu na cabeça, que mal me olhou e então abriu uma trena e se pôs a medir de cima a baixo as pedras da parede, falando com a voz muito alta para dizer ora: "É isso", ora: "Não é isso".

Perguntei ao carcereiro quem era. Parece que é uma espécie de subarquiteto empregado da prisão.

De seu lado, sua curiosidade se animou a meu respeito. Ele trocou algumas meias palavras com o guarda que o acompanhava; em seguida fixou um instante os olhos sobre mim, sacudiu a cabeça com um ar despreocupado e se pôs novamente a falar em voz alta e a tirar as medidas.

Ao terminar a tarefa, aproximou-se de mim dizendo com sua voz estrondosa:

— Meu caro amigo, em seis meses essa prisão estará bem melhor.

E seu gesto parecia acrescentar:

— O senhor não aproveitará, é uma pena.

Ele quase sorria. Pensei ver o momento em que ele ia gentilmente ralhar comigo, como se brinca com uma jovem noiva na noite de suas núpcias.

Meu carcereiro, um velho soldado com galões, ocupou-se da resposta.

— Senhor — disse —, não se fala tão alto no quarto de um morto.

O arquiteto se foi.

E eu, eu estava ali, como uma das pedras que ele mediu.

XXXII

E então aconteceu uma coisa ridícula.

Vieram substituir meu bom e velho carcereiro, de quem, ingrato e egoísta que sou, nem ao menos apertei a mão. Um outro entrou em seu lugar; um homem com a cara deprimida, olhos de vaca, uma figura inepta.

Quanto ao resto, não dei a menor atenção. Eu estava dando as costas à porta, sentado à mesa. Tentava refrescar minha testa com a mão, e meus pensamentos perturbavam meu espírito.

Um leve golpe, batido no meu ombro, fez-me virar a cabeça. Era o novo carcereiro, com quem me encontrava a sós.

Eis mais ou menos de que maneira ele me dirigiu a palavra.

— Criminoso, o senhor tem bom coração?

— Não — eu lhe disse.

A brusquidão da minha resposta pareceu desconcertá-lo. Todavia, ele retomou hesitante:

— Não se é mau pelo prazer de sê-lo.

— Por que não? — repliquei. — Se tem apenas isso a me dizer, deixe-me. Aonde quer chegar?

— Perdão, meu criminoso — respondeu. — Duas palavras apenas. Ei-las. Se o senhor pudesse fazer a felicidade de um pobre homem, e que isso não lhe custasse nada, o senhor não faria algo?

Balancei os ombros.

— Você vem de Charenton? Pois escolheu um curioso vaso de onde retirar felicidade. Eu, fazer a felicidade de alguém!

Ele baixou o tom da voz e assumiu um ar misterioso, o que não combinava com sua figura idiota.

— Sim, criminoso, sim felicidade, sim fortuna. Tudo isso poderá vir do senhor. Eis. Sou um pobre carcereiro. O serviço é pesado, o pagamento leve; meu cavalo é meu e está me arruinando. Ora, jogo na loteria para contrabalançar. É preciso ter outras alternativas. Até agora só me faltou ter os bons números para ganhar. Procuro por todos os lados os números seguros; sempre cai do lado. Coloco o 76, sai o 77. Por mais que os alente, nunca vêm... Um pouco de paciência, por favor, estou acabando. Ora, eis uma bela ocasião para mim. Parece-me, perdão, criminoso, que o senhor vai passar hoje. É fato que os mortos que perecem desse jeito veem os resultados da loteria antecipadamente. Prometa vir amanhã de noite — que diferença vai fazer para o senhor? — e me dê três números, três bons. Hein? Não tenho medo dos mortos-e-vivos, fique tranquilo. Aqui está o meu endereço: Caserna Pompincourt, escadaria A, n. 26, no fim do corredor. O senhor me reconhecerá, não é? Venha até esta noite, se for mais conveniente.

Eu teria desconsiderado lhe responder, a esse imbecil, se uma louca esperança não me tivesse atravessado o espírito. Na posição desesperada em que estou, acredita-se às vezes que seria possível quebrar uma corrente com um fio de cabelo.

— Escuta — disse eu, dando uma de comediante, tanto quanto se pode fazer quando se vai morrer —, posso com efeito tornar-te mais rico que o rei, fazer-te ganhar milhões. A uma condição.

Ele arregalou os olhos estúpidos.

— Qual? Qual? Tudo para agradá-lo, meu criminoso.

— No lugar de três números, eu te prometo quatro. Troca de roupa comigo.

— Se é só isso! — exclamou desfazendo os primeiros colchetes do seu uniforme.

Eu me erguera da cadeira. Observava todos os seus movimentos, meu coração palpitante. Via já diante de mim as portas se abrirem frente ao uniforme do carcereiro. E a praça, e a rua do Palácio de Justiça atrás de mim!

Mas ele se virou com um ar indeciso.

— Ah! Mas não é para sair daqui?

Percebi que tudo estava perdido. Entretanto fiz uma última tentativa, bem inútil e bem insensata!

— De fato — disse-lhe —, mas tua fortuna está feita...

Ele me interrompeu.

— Ah! Assim não! E meus números? Para que eles sejam bons, é preciso que o senhor esteja morto.

Sentei-me de novo, mudo e ainda mais desesperado por toda a esperança que havia tido.

XXXIII

Fechei os olhos, tapei-os com as mãos e procurei esquecer, esquecer o presente no passado. Enquanto sonho, as lembranças de minha infância e de minha juventude me voltam uma a uma, doces, calmas, sorridentes, como ilhas de flores neste abismo de pensamentos negros e confusos que turbilhonam no meu cérebro.

Eu me revejo criança, um colegial risonho e solto, brincando, correndo, gritando com meus irmãos na grande alameda verde daquele jardim selvagem onde resvalaram meus primeiros anos, antigo convento de religiosas que a sombria abóbada do Val--de-Grâce domina com sua cabeça de chumbo.

E então, quatro anos mais tarde, eis-me de volta mais uma vez, ainda criança, mas já sonhador e apaixonado. Há uma jovem no jardim solitário.

A pequena espanhola, com seus grandes olhos e seus longos cabelos, sua pele morena e dourada, seus lábios vermelhos e suas faces rosadas, a andaluza de quatorze anos, Pepa.

Nossas mães nos disseram para corrermos juntos: vínhamos ali para passear.

Disseram-nos para brincar, e nós conversávamos: crianças da mesma idade, não do mesmo sexo.

Entretanto, apenas um ano antes nós corríamos, nós nos engalfinhávamos juntos. Eu disputava com Pepita a mais bela maçã da macieira; eu batia nela por um ninho de passarinho. Ela chorava, eu dizia: "Bem feito!", e nós íamos os dois choramingar com nossas mães, que ralhavam conosco em voz alta e nos davam razão em voz baixa.

Agora ela se apoia em meu braço, e eu estou todo orgulhoso e emocionado. Caminhamos lentamente, falamos baixo. Ela deixa cair seu lenço, eu o recolho. Nossas mãos tremem ao se tocarem. Ela me fala dos passarinhos, da estrela que vemos ali adiante, do pôr-do-sol rubro atrás das árvores, ou ainda de suas amigas do pensionato, de seu vestido e de seus laços. Dizemos coisas inocentes, e ambos coramos. A criança tornou-se uma moça.

Naquela tarde — era uma tarde de verão —, estávamos debaixo das castanheiras, no fundo do jardim. Depois de um desses longos silêncios que preenchem os passeios, ela soltou de repente meu braço e disse: "Vamos correr!"

Eu a vejo ainda, ela estava toda de preto, de luto por sua avó. Então passou pela sua cabeça uma ideia de criança; Pepa voltou a ser Pepita, e ela me disse: "Vamos correr!"

E ela se pôs a correr à minha frente com sua cintura fina como o corselete de uma abelha e seus pés que levantavam a saia até as canelas. Eu a perseguia, ela fugia; o vento de sua corrida erguia de vez em quando sua pelerine preta e me deixava ver suas costas morenas e frescas.

Estava fora de mim. Alcancei-a perto do velho poço em ruínas; tomei-a pela cintura, direito de vitória, e a fiz sentar-se num banco; ela não resistiu. Ela estava sem ar e ria. Quanto a mim, eu estava sério, e observava suas pupilas negras atrás dos cílios negros.

— Sente-se ali — disse-me ela. — O dia ainda está claro, vamos ler alguma coisa. Você tem um livro?

Eu tinha comigo o segundo tomo das *Viagens de Spallanzani*. Abri uma página ao acaso, aproximei-me dela, ela apoiou seu ombro ao meu, e nós nos pusemos a ler cada um do seu lado, baixinho, a mesma página. Antes de virar a página, ela era sempre obrigada a me esperar. Meu espírito estava indo mais lentamente que o dela.

— Já terminou? — perguntava, quando eu mal tinha começado.

Entrementes nossas cabeças se tocavam, nossos cabelos se mesclavam, nossos hálitos se aproximaram pouco a pouco, e nossas bocas de repente.

Quando tentamos continuar nossa leitura, o céu estava todo estrelado.

— Oh! Mamãe, mamãe — disse ela ao voltar para casa —, se soubesse como nós corremos!

Eu fiquei em silêncio.

— Você não diz nada — disse minha mãe —, está com o ar triste.

Eu tinha o paraíso no coração.

Foi uma tarde da qual me lembrarei a vida inteira.

A vida inteira!

XXXIV

Uma hora acaba de soar. Não sei qual: não ouço bem as batidas do relógio. Tenho a impressão de ter o barulho de um órgão nos ouvidos; são meus últimos pensamentos que ecoam.

Neste momento supremo em que me recolho em minhas lembranças, vejo meu crime com horror; mas gostaria de me arrepender com mais força ainda. Eu sentia mais remorsos antes da condenação; desde então, parece que só há lugar agora para pensamentos de morte. Contudo, eu gostaria realmente de me arrepender de verdade.

Quando sonho um minuto com o que se passou na minha vida, e que volto ao golpe de machado que vai acabar com ela daqui a pouco, estremeço como se estivesse em algo novo. Minha bela infância! Minha bela juventude! Fazenda dourada cuja ponta está ensanguentada. Entre aqueles tempos e o presente, há um rio de sangue, o sangue do outro e o meu.

Se um dia lerem minha história, depois de tantos anos de inocência e de felicidade, não vão querer acreditar nesse ano execrável, que se abre com um crime e se encerra com um suplício; ele parecerá fora de lugar.

E contudo, miseráveis leis e miseráveis homens, eu não era um homem mau!

Oh! Morrer em algumas horas, e pensar que há um ano, num dia como esse, eu estava livre e puro, dava meus passeios de outono, errava sob as árvores, caminhava em meio às folhas!

XXXV

Neste momento mesmo, existem bem próximos de mim, nessas casas que circundam o Palácio e a Grève, e por toda Paris, homens que vão e vêm, conversam e riem, leem o jornal, pensam em seus negócios; comerciantes que vendem; moças que preparam seus vestidos de baile para esta noite; mães que brincam com seus filhos!

XXXVI

Lembro-me que um dia, quando criança, fui ver os sinos da Notre-Dame.

Já estava tonto de ter subido a escura escada em caracol, de ter percorrido a frágil galeria que liga as duas torres, de ver Paris sob meus pés, quando entrei na gaiola de pedra e carpintaria onde pende o grande sino com seu badalo pesando uma tonelada.

Avancei tremendo sobre as pranchas instáveis, olhando a distância esse sino tão famoso entre as crianças e o povo de Paris, e percebendo, não sem medo, que as cornijas cobertas de ardósia que rodeiam o sino com seus planos inclinados estavam no nível de meus pés. Nos intervalos eu via, logo abaixo, a praça do Parvis-Notre-Dame e os passantes como formigas.

De repente o gigantesco sino tangeu, uma vibração profunda atravessou o ar e fez oscilar a pesada torre. O assoalho saltava sobre as vigas. O barulho quase me fez cair; cambaleei, pronto para despencar, para escorregar pelas cornijas inclinadas de ardósia. Horrorizado, deitei-me nas pranchas do chão, apertando-as fortemente com os dois braços, sem palavras, sem ar, com aquele formidável tangido nos ouvidos, e sob os olhos, o precipício, aquela praça profunda onde se cruzavam tantos passantes tranquilos e invejados.

Pois bem, tenho a sensação de ainda estar na torre dos sinos. Sinto ao mesmo tempo uma vertigem e um desfalecimento. Parece haver um barulho de sino agitando as cavidades de meu cérebro; e à minha volta só percebo essa vida plana e tranquila que abandonei, e na qual os outros homens ainda seguem, de longe e através das fissuras de um abismo.

XXXVII

O edifício da prefeitura é uma construção sinistra.

Com seu telhado agudo e escarpado, sua torre bizarra, seu grande relógio, seus andares margeados de colunas, suas milhares de gelosias, suas escadarias gastas pelo uso, seus dois arcos à direita e à esquerda, ele está lá, frente a frente com a Grève; sombrio, lúgubre, a fachada toda puída de velhice, e tão escuro, que continua negro à luz do sol.

Nos dias de execução, vomita gendarmes por todas as portas e observa o condenado por todas as janelas.

E à noite, o quadrante do relógio, que marcou as horas, mantém-se luminoso em meio à fachada tenebrosa.

XXXVIII

É uma hora e quinze minutos.

Eis o que estou sentindo neste momento:

Uma violenta dor de cabeça. As costas geladas, a testa queimando. A cada vez que me levanto ou me inclino, sinto como se tivesse um líquido flutuando no interior da minha cabeça e fazendo meu cérebro se chocar contra as paredes do crânio.

Tenho estremecimentos convulsivos, e de tempos em tempos a pena cai de minhas mãos como num espasmo galvânico.

Meus olhos parecem ferver como se eu estivesse no meio de um fumeiro.

Meus cotovelos doem.

Mais duas horas e quarenta e cinco minutos e estarei curado.

XXXIX

Dizem que não é nada, que não se sofre, que é um fim suave, que a morte dessa maneira é bem simplificada.

Pois bem! E onde ficam essa agonia de seis semanas e esse bafo de morte de um dia inteiro? E as angústias deste dia irreparável, que vai passando tão lentamente e tão rápido? E essa tortura progressiva que só termina no cadafalso?

Aparentemente isso não é sofrer.

Não seriam convulsões idênticas, a do sangue que escorre gota a gota ou a da inteligência que se apaga pensamento a pensamento?

E depois, dizem que não se sofre, mas como podem ter certeza? Quem lhes disse? Ao que se sabe nenhuma cabeça cortada jamais se ergueu ensanguentada até a beirada da cesta e gritou ao povo: "Isso não dói!"

Teria havido mortos pelo método deles que tenham vindo agradecer e dizer: "Que bela invenção. Podem ficar satisfeitos. A mecânica é boa."

Rosbepierre? Luís XVI?...

Não, nada disso! Menos de um minuto, menos de um segundo, e a coisa está feita. Teriam eles ao menos uma vez, em pensamento que fosse, se colocado no lugar daquele que está ali, no momento em que a pesada lâmina que cai morde a carne, rompe os nervos, quebra as vértebras... Que é isso! Meio segundo! A dor é escamoteada... Horror!

XL

É curioso que eu pense sem parar no rei. Por mais que faça, por mais que balance a cabeça, ouço uma voz na orelha que não para de me dizer:

— Existe nesta mesma cidade, nesta mesma hora, e não muito longe daqui, em outro palácio, um homem que também tem guardas em todas as portas, um homem único como você no meio do povo, com a única diferença que ele está tão no alto quanto você está embaixo. Toda a sua vida, minuto por minuto, é apenas glória, grandeza, delícias, embriaguez. Tudo à sua volta é amor, respeito, veneração. As vozes mais altas tornam-se baixas ao lhe falar, e os rostos mais orgulhosos prostram-se. Ele tem apenas seda e ouro sob os olhos. A esta hora, está participando de algum conselho de ministros no qual todos compartilham de sua opinião; ou então sonha com a caça de amanhã, com o baile desta noite, certo de que a festa será na hora, e deixa a outros o trabalho de seus prazeres. Pois bem, esse homem é de carne e osso como você! E para que neste mesmo instante o cadafalso seja desmontado, para que tudo lhe seja devolvido, vida, liberdade, fortuna, família, bastaria que ele escrevesse com esta pena as poucas letras de seu nome embaixo de um pedaço de papel, ou mesmo que a carruagem dele encontrasse sua charrete! E ele é bom, e ele talvez seja tudo que esteja pedindo, mas não, não vem ao caso!

XLI

Ora! Vamos, coragem diante da morte, tomemos esta terrível ideia com as duas mãos e consideremo-la de frente. Perguntemos a ela o que ela é, saibamos o que ela quer conosco, esmiucemo-la por todos os lados, perscrutemos o enigma e olhemos antecipadamente para dentro do túmulo.

Parece que assim que meus olhos se fecharem, verei uma grande claridade e abismos de luz onde minha alma vagará sem fim. Parece que o céu ali é luminoso em sua própria essência, que os astros são manchas obscuras e que no lugar de serem, como para os vivos, espécies de lantejoulas de ouro sobre um veludo chumbo, eles parecerão pontos negros sobre um lençol de ouro.

Ou então, miserável que sou, será talvez um precipício medonho, profundo, cujas paredes serão revestidas de trevas, e onde cairei sem parar vendo formas se remexerem nas sombras.

Ou então, acordando depois do golpe, eu me encontrarei talvez em alguma superfície plana e úmida, rastejando na escuridão e girando sobre mim mesmo como uma cabeça que rola. Pode ser que um grande vento me empurrará, e que eu me chocarei aqui e lá contra outras cabeças rolantes. Haverá lugares com açudes e riachos cheios de um líquido desconhecido e morno: tudo será negro. Quando meus olhos, em sua rotação, voltarem-se para cima, verão apenas um céu escuro, cujas camadas espessas pesarão sobre eles, e ao longe, no fundo, grandes arcos de fumaça mais negros que a escuridão. Eles também verão flutuar na noite pequenas faíscas vermelhas que, ao se aproximarem, tornar-se-ão pássaros de fogo. E será assim por toda a eternidade.

Pode ser também que em certas datas os mortos da Grève se reúnam, em noites escuras de inverno, na praça que lhes pertence. Será uma multidão pálida e sangrenta, e eu não faltarei. Não haverá lua, e todos falarão com voz baixa. A prefeitura estará lá, com sua fachada decrépita, seu telhado dilacerado e seu relógio que terá sido impiedoso com todos. Haverá na praça uma guilhotina do inferno, na qual um demônio executará um carrasco: será às quatro da madrugada. Por nossa vez, faremos alvoroço em torno.

É provável que seja assim. Mas se esses mortos retornam, sob que forma se mostram? O que guardam de seus corpos incompletos e mutilados? O que escolhem? A cabeça ou o tronco se torna um espectro?

O que a morte faz com nossa alma? Que natureza ela lhe deixa? O que ela tem a lhe retirar ou a lhe oferecer? Onde a coloca? Empresta-lhe às vezes olhos de carne para olhar a terra e chorar?

Ah! Um padre! Um padre que saiba isso! Quero um padre, e um crucifixo para beijar!

Meu Deus, sempre o mesmo!

XLII

Roguei-lhe para que me deixasse dormir e me joguei na cama.

De fato, eu tinha um afluxo de sangue na cabeça que me fez dormir. É meu último sono, desta espécie.

Sonhei.*

Sonhei que era noite. Tinha a impressão de estar no meu gabinete com dois ou três amigos, mas não sei bem quais eram.

Minha mulher estava deitada no quarto ao lado e dormia com sua criança.

Falávamos com a voz baixa, eu e meus amigos, e o que dizíamos nos apavorava.

De repente tive a impressão de ouvir um barulho em algum outro cômodo do apartamento. Um barulho fraco, estranho, indeterminado.

Meus amigos ouviram como eu. Ficamos escutando: era como uma fechadura que tentavam abrir discretamente, como uma tranca que tentam destravar com cuidado.

Havia algo que nos fazia gelar: sentíamos medo. Pensamos que talvez fossem ladrões que se tinham introduzido na casa, nesta hora avançada da noite.

---

* Victor Hugo teria realmente sonhado isso. Numerosos elementos autobiográficos parecem assim estar inscritos no monólogo do condenado (Cf. Roger Broderie, *op, cit.*) [N.T.]

Decidimos ir ver. Levantei-me, peguei uma vela. Meus amigos me seguiam, um após o outro.

Atravessamos o quarto, ao lado. Minha mulher continuava dormindo com a criança.

Então chegamos à sala. Nada. Os retratos estavam imóveis em suas molduras de ouro sobre a tela vermelha. Pareceu-me que a porta que dava na sala de jantar não estava em seu lugar normal.

Entramos na sala de jantar; demos a volta nela. Eu era o primeiro da fila. A porta para a escada estava fechada, as janelas também. Quando cheguei perto do aquecedor, vi que o armário de roupa de mesa estava aberto e que a porta desse armário estava virada para o canto da parede, como para esconder algo.

Isso me surpreendeu. Pensamos que havia alguém atrás da porta.

Ergui a mão até a porta para fechar o armário; ela resistiu. Espantado, puxei mais forte; ela cedeu bruscamente e nos revelou uma velhinha de mãos pendentes, olhos fechados, imóvel, de pé e parecendo estar colada no ângulo da parede.

Havia nela algo de monstruoso, e meus cabelos se eriçaram só de recordar-me dela.

Perguntei à velha:

— O que está fazendo aqui?

Ela não respondeu.

Perguntei então:

— Quem é a senhora?

Ela não respondeu, não se moveu, e continuou com os olhos fechados.

Meus amigos disseram:

— É sem dúvida a cúmplice dos que entraram aqui com más intenções; eles escaparam quando nos ouviram chegar; ela não conseguiu fugir e se escondeu aí.

Eu a interroguei novamente, ela permaneceu sem voz, sem movimento, sem olhar.

Um de nós a empurrou, ela caiu.

Ela caiu de uma vez só, como um pedaço de pau, como uma coisa morta.

Tentamos sentir seu corpo com os pés, depois dois de nós a levantamos e apoiamos novamente contra a parede. Ela não deu nenhum sinal de vida. Gritamos em sua orelha, ela continuou muda como se fosse surda.

Entrementes perdemos a paciência, e havia raiva misturada a nosso terror. Um de nós me disse:

— Coloquem uma vela debaixo do seu queixo.

Coloquei o pavio inflamado sob o queixo. Então ela abriu um olho.pela metade, um olho vazio, terno, horripilante e que não olhava.

Retirei a chama e disse:

— Ah! Enfim! Não vai responder, velha feiticeira? Quem é você?

O olho se fechou novamente como se tivesse vida própria.

— Ah! Essa é demais! — disseram os outros. — A vela de novo! Vamos! Uma hora ou outra ela vai ter de falar.

Coloquei novamente a luz sob o queixo da velha.

Então ela abriu os dois olhos lentamente, olhou-nos um depois do outro, em seguida, abaixando bruscamente, assoprou a vela com um sopro gelado. Ao mesmo tempo senti três dentes afiados cravaram-se em minha mão, na escuridão.

Acordei, tremendo e banhado de um suor frio.

O bom capelão estava sentado ao pé da minha cama e lia suas preces.

— Dormi muito tempo? — perguntei.

— Meu filho — ele me disse —, você dormiu uma hora. Trouxeram sua filha. Ela está na sala ao lado e o espera. Eu não quis que o acordassem.

— Oh! — exclamei. — Minha filha, tragam-me minha filha!

XLIII

Ela é saudável, ela é rosada, ela tem grandes olhos, ela é linda!

Vestiram-na com um vestidinho que lhe cai bem.

Eu a peguei, ergui-a no meu colo, sentei-a em meus joelhos, beijei seus cabelos.

Por que não veio com a mãe? — A mãe está doente, a avó também. Está em ordem.

Ela me olhou com um ar espantado; acariciada, abraçada, devorada por beijos e sem resistir; mas lançava de tempos em tempos um olhar inquieto a sua babá, que chorava num canto.

Finalmente pude falar.

— Marie! — disse. — Minha pequena Marie!

Apertei-a violentamente contra meu peito carregado de soluços. Ela soltou um gritinho.

— Oh! O senhor está me machucando — disse ela.

Senhor! Já faz quase um ano que ela não me vê, a pobre criança. Ela me esqueceu, rosto, aparência, tom da voz. Mas também, quem me reconheceria com esta barba, estas roupas e esta palidez? Como! Já apagado dessa memória, a única na qual gostaria de permanecer vivo! Como! Já não sou mais um pai! Ser condenado a não mais ouvir essa palavra, essa palavra da língua das crianças, tão doce que não permanece na língua dos homens: *papai*!

E contudo, ouvi-la dessa boca, pelo menos mais uma vez, uma única vez, eis tudo o que eu pediria em troca dos quarenta anos de vida que estão tomando de mim.

— Escuta, Marie — disse-lhe guardando suas duas pequenas mãos entre as minhas —, tu não me reconheces mais?

Ela me olhou com seus belos olhos e respondeu:

— Não!

— Olha bem — insisti. — Então tu não sabes quem sou?

— Sim — ela respondeu. — Um moço.

Ai de mim! Amar ardentemente um único ser no mundo, amá-lo com todo o seu amor, e tê-lo à sua frente, que o vê e o olha, fala com você e lhe responde, mas não o reconhece! Não querer consolo de outra pessoa, e que ela seja o único ser a não saber que você precisa de consolo porque vai morrer!

— Marie — retomei —, tens um pai?

— Sim, senhor — disse a criança.

— Pois bem, onde está ele?

Ela ergueu seus grandes olhos assustados.

— Ah! Pois o senhor não sabe? Ele morreu.

Então ela deu um grito; eu quase a tinha deixado cair.

— Morreu? — exclamei. — Marie, sabes o que é estar morto?

— Sim, senhor — respondeu. — Ele está dentro da terra e lá no céu.

Ela continuou então por conta própria:

— Eu rezo a Deus para ele de manhã e de noite no colo da mamãe.

Eu a beijei no rosto.

— Marie, diz a tua prece.

— Não posso, senhor. Uma prece não pode ser dita no meio do dia. Venha esta noite lá em casa e eu a direi.

Não aguentava mais. Interrompi-a.

— Marie, eu é que sou o teu papai.

— Ah! — disse ela.

Acrescentei:

— Queres que eu seja teu papai?

A criança virou para o lado.

— Não, meu papai era bem mais bonito.

Eu a cobri de beijos e de lágrimas. Ela tentou se soltar dos meus braços gritando:

— O senhor está me machucando com a sua barba.

Então eu a reacomodei no meu colo acalentando-a com o olhar e assim a questionei.

— Marie, tu sabes ler?

— Sim — respondeu. — Sei ler muito bem. Mamãe me faz ler meu abc.

— Vejamos, lê um pouco — disse, mostrando-lhe o papel que ela estava amassando entre as mãos.

Ela balançou a bela cabecinha.

— Ah! Mas só sei ler fábulas.

— Tenta assim mesmo. Vamos, lê.

Ela desdobrou o papel e se pôs a soletrar com seu dedo:

— C. O. N. con. D. E. conde. N. A. condena...

Arranquei-lhe aquilo das suas mãos. Era minha sentença de morte que ela estava lendo. Sua babá a tinha comprado por uma moeda. A mim, custava mais caro.

Não há palavras para o que eu sentia. Minha violência a assustara; ela estava quase chorando. De repente ela me disse:

— Devolva meu papel! É para eu brincar.

Entreguei-a à babá.

— Leve-a.

E caí novamente na cadeira, sombrio, abandonado, desesperado. Agora eles devem estar chegando; nada mais me interessa; a última fibra do meu coração se partiu. Estou pronto para o que vão fazer comigo.

XLIV

O padre é boa pessoa, o carcereiro também. Acho que eles deixaram cair uma lágrima quando disse para levarem minha filha.

Acabou. Agora eu preciso me fechar sobre mim mesmo, pensar firmemente no carrasco, na carroça, nos gendarmes, na multidão sobre a ponte, na multidão do cais, na multidão nas janelas, e naquilo que estará ali especialmente para mim nessa lúgubre praça da Grève, que poderia ser pavimentada com as cabeças que ela viu cair.

Acho que ainda tenho uma hora para me habituar a tudo isso.

XLV

Esse povo todo vai rir, bater as mãos, aplaudir. E entre todos esses homens, livres e desconhecidos dos carcereiros, que correm cheios de alegria para a execução, em meio a essa multidão de cabeças que cobrirá a praça, haverá mais de uma predestinada cedo ou tarde que seguirá a minha na cesta vermelha. Mais de um homem que está vindo por minha causa e estará vindo por causa de si mesmo.

Para esses seres fatais, há em certo ponto da praça da Grève um lugar fatal, um centro de atração, uma armadilha. Eles ficam dando voltas até chegarem lá.

XLVI

Minha pequena Marie! Levaram-na para brincar; ela observa a multidão através da janela da carruagem e já não pensa mais naquele *senhor.*

Talvez eu ainda tenha tempo de escrever algumas páginas para ela, a fim que ela as leia um dia, e que daqui a quinze anos ela chore por hoje.

Sim, é preciso que ela saiba a minha história por mim, e por que razão o nome que lhe deixo é sangrento.

XLVII

MINHA HISTÓRIA

Nota do editor: *Ainda não conseguimos encontrar as folhas que se prendiam a esta. Talvez, como as que seguem parecem indicar, o condenado não teve tempo de escrevê-las. Já era tarde quando essa ideia surgiu para ele.*

XLVIII

De um quarto da prefeitura.

Na prefeitura!... Pois aqui estou. O trajeto execrável foi feito. A praça está ali, e embaixo da janela o horrível povo grunhe, e me espera, e ri.

Por mais que me enrijecesse, que me crispasse, o coração não aguentou. Quando vi por cima das cabeças aqueles dois braços vermelhos, com o triângulo negro na ponta, erguidos entre as duas lanternas do cais, o coração não aguentou. Pedi para fazer uma última declaração. Colocaram-me aqui e foram buscar algum procurador do rei. Estou esperando, já são alguns minutos a mais conquistados.

Aqui vai:

Três horas soaram e vieram me avisar que estava na hora. Tremi como se tivesse pensado em outras coisas nas últimas seis horas, nas últimas seis semanas, nos seis últimos meses. O aviso me fez o efeito de algo totalmente inesperado.

Fizeram-me atravessar seus corredores e descer suas escadas. Empurraram-me entre dois guichês do térreo, para dentro de uma sala escura, estreita, abobadada, muito mal iluminada por um dia de chuva e de nevoeiro. Havia uma cadeira no meio. Disseram-me para me sentar; sentei-me.

Havia perto da porta e ao longo das paredes algumas pessoas de pé, além do padre e dos gendarmes, e havia também três homens.

O primeiro, o maior deles, o mais velho, era gordo e tinha o rosto vermelho. Ele vestia uma sobrecasaca e um chapéu de três pontas deformado. Era ele.

Era o carrasco, o servidor da guilhotina. Os dois outros eram seus próprios servidores.

Mal me sentei e os dois outros se aproximaram de mim, por trás, como gatos. Então, de repente, senti um frio de aço nos meus cabelos, e as tesouras rangeram nos meus ouvidos.

Meus cabelos, cortados de qualquer jeito, caíam em mechas nos meus ombros, e o homem com o chapéu de três pontas as espanava gentilmente com sua mão gorda.

À minha volta, falavam baixinho.

Um grande barulho vinha de fora, como um estremecimento que ondulava no ar. Pensei primeiro que era o rio; mas, pelas gargalhadas que soltavam, reconheci a multidão.

Um jovem, perto da janela, que escrevia apoiado a uma pasta com um lápis, perguntou a um dos porteiros como se chamava o que estavam fazendo ali.

— A toalete do condenado — respondeu o outro.

Compreendi que isso estaria amanhã no jornal.

Bruscamente um dos servidores retirou meu casaco, e o outro pegou minhas mãos, que estavam soltas, e as levou para trás das minhas costas, e senti os nós de uma corda se enrolarem lentamente em volta de meus punhos juntos. Ao mesmo tempo o outro desfazia a minha gravata. Minha camisa de batista, o único trapo que restara do meu ser de outros tempos, o fez de certa forma hesitar um momento; em seguida ele se pôs a cortar a gola.

Ao perceber essa precaução horrível, ao sentir o frio do aço que tocava meu pescoço, meus braços tremeram e deixei escapar um rugido abafado. A mão do executor estremeceu.

— Senhor — disse ele —, perdão! Eu o machuquei?

Esses carrascos são homens muito gentis.

A multidão berrava mais alto do lado de fora.

O homem gordo de rosto marcado me ofereceu um lenço embebido de vinagre para que eu o respirasse.

— Obrigado — disse com a voz mais firme que consegui —, é inútil; estou bem.

Então um deles se abaixou e atou meus dois pés com uma corda fina e levemente solta que me deixava apenas dar pequenos passos. Essa corda veio se amarrar à das minhas mãos.

Em seguida o homem gordo jogou o casaco nas minhas costas e deu um nó nas mangas debaixo do meu queixo. O que ele tinha para fazer ali estava feito.

Então o padre se aproximou com o seu crucifixo.

— Vamos, meu filho — disse.

Os servidores me pegaram por baixo dos braços. Levantei e pus-me a andar. Meus passos estavam moles e arqueavam, como se eu tivesse dois joelhos em cada perna.

Naquele momento a porta exterior se abriu completamente. Um clamor furioso, o ar frio e a luz branca fizeram irrupção até mim, na sombra. Do fundo da sala escura, vi bruscamente tudo ao mesmo tempo, através da chuva, as mil cabeças aos berros do povo aglomerado de qualquer jeito na rampa da grande escadaria do palácio; à direita, no mesmo nível do vestíbulo, uma fileira de cavalos de gendarmes, das quais a porta baixa me revelava apenas as patas da frente e o peitoral; à frente, um destacamento de soldados desordenados; à esquerda, a parte de trás de uma carroça, à qual uma escada reta se apoiava. Cena medonha, bem emoldurada por uma porta de prisão.

Era para esse momento temido que eu guardara minha coragem. Dei três passos e apareci na soleira da sala.

— Ali está ele! Lá! — gritou a multidão. — Está saindo! Finalmente!

E os mais próximos de mim batiam as mãos. Por mais que se ame um rei, a festa seria bem menor.

Era uma carroça comum, com um cavalo encarniçado e um cocheiro com um avental azul estampado de vermelho, como o dos hortelãos das vizinhanças do Bicêtre.

O homem gordo com o chapéu de três pontas subiu primeiro.

— Bom dia, senhor Samson! — gritavam as crianças penduradas nas grades.

Um servidor seguiu.

— Bravo, Mardi! — gritaram novamente as crianças.

Eles se sentaram juntos no banco da frente.

Era minha vez. Subi com um ar relativamente seguro.

— Ele está bem! — disse uma mulher perto dos gendarmes.

Aquele elogio horrível encheu-me de coragem. O padre veio se sentar ao meu lado. Tinham-me sentado no banco de trás, de costas para o cavalo. Estremeci com essa derradeira atenção.

Eles colocam humanidade nisso tudo.

Tentei olhar à minha volta. Gendarmes na frente, gendarmes atrás; depois a multidão, multidão, multidão e multidão; um mar de cabeças na praça.

Um destacamento de cavalaria me esperava no portão das grades do Palácio.

O oficial deu a ordem. A carroça e seu cortejo puseram-se em movimento, como se empurrados adiante pelos urros da populaça.

Atravessamos as grades. No momento em que a carroça virou na direção do Pont-au-Change, um barulho enorme estourou na praça, do chão aos telhados, e as pontes e os cais responderam de forma que parecia um terremoto.

Foi então que o destacamento que estava esperando se uniu à escolta.

— Tirem os chapéus! Tirem os chapéus! — gritavam mil bocas ao mesmo tempo. — Como para o rei.

Então eu também comecei a rir horrivelmente e disse ao padre:

— Eles, os chapéus; eu, a cabeça.

Íamos devagar.

O cais das Flores perfumava o ar; hoje é dia de mercado. As vendedoras abandonaram seus buquês por mim.

Defronte, um pouco antes da torre quadrada que fica no canto do Palácio, há cabarés cujas janelas estavam cheias de espectadores felizes com seus lugares privilegiados. Sobretudo mulheres. O dia devia estar sendo bom para os cabareteiros.

Alugavam mesas, cadeiras, andaimes, carroças. Tudo se dobrava de espectadores. Comerciantes de sangue humano gritavam em altos brados:

— Quem quer lugar?

Uma raiva me tomou contra esse povo. Tive vontade de gritar:

— Quem quer o meu?

Entretanto a carroça seguia. A cada movimento que fazia, a multidão se abatia atrás, e eu podia vê-la com meus olhos estupefatos indo se reagrupar mais adiante, em outros pontos do meu caminho.

Ao entrar no Pont-au-Change, por acaso lancei meus olhos à direita atrás de mim. Meu olhar parou no outro cais, acima das casas, numa torre negra, isolada, paramentada de esculturas, no alto da qual eu podia ver dois monstros de pedra sentados de perfil. Não sei por que perguntei ao padre o que era aquela torre.

— Saint-Jacques-la-Boucherie* — respondeu o carrasco.

Ignoro como aquilo acontecia: no nevoeiro, e apesar da chuva fina e branca que riscava o ar como uma teia de fios de aranha, nada do que estava se passando à minha volta me escapou. Cada detalhe me trazia uma tortura particular. Às emoções faltam as palavras.

Mais ou menos no meio desse Pont-au-Change, tão largo e tão entulhado que tínhamos dificuldade para avançar, o horror me tomou violentamente. Fiquei com medo de desmaiar, derradeira vaidade! Então tentei me aturdir para ficar cego e surdo diante de tudo, à exceção do padre, cujas palavras entrecortadas pelos rumores eu mal ouvia.

Peguei o crucifixo e o beijei.

— Tendes piedade de mim — exclamei —, oh meu Deus! — E procurei submergir nesse pensamento.

Mas cada sobressalto da dura carroça me despertava. Então, de repente, passei a sentir um calafrio enorme. A chuva tinha atravessado minhas roupas e molhava a pele da minha cabeça através dos meus cabelos cortados e curtos.

— Está tremendo de frio, meu filho? — perguntou o padre.

— Sim — respondi.

Ai de mim! Não apenas de frio.

Na saída da ponte, mulheres lamentavam eu ser tão jovem.

Pegamos o cais fatal. Eu estava começando a não mais ver, não mais escutar. Todas aquelas vozes, todas aquelas cabeças

* São-Tiago-da-Carnagem. [N.T.]

nas janelas, nas portas, nas grades das lojas, nos postes: aqueles espectadores ávidos e cruéis; aquela multidão em que todos me conheciam e eu não conhecia ninguém; aquela rua pavimentada e murada de rostos humanos... Sentia-me embriagado, estúpido, insano. É algo insuportável o peso de tantos olhares apoiados em si.

Vacilei assim sobre o banco, não prestando mais a mesma atenção nem no padre nem no crucifixo.

No tumulto que me envolvia, não distinguia mais os gritos de piedade dos gritos de alegria, os risos dos lamentos, as vozes do barulho; tudo era um só rumor que ressoava na minha cabeça como um eco de cobre.

Meus olhos liam automaticamente as placas das lojas.

A certa altura, uma estranha curiosidade me fez virar a cabeça e olhar para onde eu avançava. Foi um último gesto racional. Mas o corpo não quis; minha nuca permaneceu paralisada e antecipadamente parecia morta.

Entrevi apenas de lado, à minha esquerda, além do rio, a torre da Notre-Dame que, vista dali, esconde a outra. É aquela onde fica a bandeira. Havia muita gente que teria uma ótima visão.

E a carroça avançava, avançava, e as lojas passavam, e as placas se sucediam, escritas, pintadas, douradas, e a populaça ria e patinhava na lama, e eu me deixava levar, como em seus sonhos aqueles que estão adormecidos.

De repente a série de lojas que ocupava meus olhos interrompeu-se na esquina da praça; a voz da multidão tornou-se mais forte, mais clamorosa, mais alegre ainda; a carroça parou subitamente, e eu quase caí de rosto nas tábuas. O padre me segurou. “Coragem”, murmurou. Então trouxeram uma escada para a parte de trás da carroça; ele me ofereceu o braço, eu desci, depois dei um passo, virei-me para dar mais um e não pude. Entre as duas lanternas do cais, eu vira uma coisa sinistra.

Oh! Era a realidade!

Parei, como se já desequilibrado pelo golpe.

— Tenho uma última declaração a fazer! — gritei surdamente.

Trouxeram-me para cá.

Pedi que me deixassem escrever meus últimos desejos. Soltaram minhas mãos, mas a corda ficou aqui, pronta, e o resto está embaixo.

XLIX

Um juiz, um comissário, um magistrado, não sei de que tipo, acaba de vir. Eu lhe pedi a graça juntando as duas mãos e rastejando de joelhos. Ele me respondeu, sorrindo fatalmente, se era tudo o que eu tinha para lhe dizer.

— Misericórdia! Misericórdia! — repeti. — Ou, por piedade, mais cinco minutos!

Quem sabe? Talvez ela virá! É tão horrível, na minha idade, morrer assim! Graças que chegam no último momento, já se viram muitas. E a quem farão graça, senhor, senão a mim?

Esse carrasco execrável! Ele se aproximou do juiz para dizer que a execução deveria ser feita na hora certa, que essa hora estava se aproximando, que ele era o responsável, que aliás está chovendo, e que aquilo pode enferrujar.

— Por piedade! Um minuto para esperar a minha graça! Ou vou me defender, morder!

O juiz e o carrasco saíram. Estou só. Só com dois gendarmes.

Oh! O horrível povo com seus urros de hiena! Quem sabe se não escaparei dele? Se não serei salvo? Se a minha graça... É impossível que não me deem a graça!

Ah! Miseráveis! Parece que estão subindo as escadas...

QUATRO HORAS

Nota

Damos aqui, para as pessoas curiosas por esse tipo de literatura, a canção em gíria com a explicação ao lado, feita sobre uma cópia encontrada nos papéis do condenado, e que este fac-símile reproduz inteiramente, em sua ortografia e escrita. O significado das palavras estava escrito com a letra do condenado; há também na última estrofe dois versos intercalados que parecem ser de sua escrita; o resto do lamento está com a letra de outra pessoa. É provável que, tocado pela canção, mas lembrando-se dela apenas imperfeitamente, ele tentou consegui-la, e que uma cópia lhe tenha sido dada por algum calígrafo da prisão.

A única coisa que este fac-símile não reproduz é o aspecto do papel original, amarelado, sórdido e rasgado nas dobras.

C'est dans la rue du mail
où j'ai été colligé(1) maluré — (1) empoigné
par trois cognes de rail(2) lir lon fa malurette — (2) archers, dans gendarmes
Sur mes sique ont foncé(3) lir lon fa maluré — (3) ils se sont jetés sur moi

il mon mit la tartouve(4) lir lon fa malurette — (4) les menottes
grand meudon est aboulé(5) lir lon fa maluré — (5) le mouchard est arrivé
dans mon trimin(6) rencontre lir lon fa malurette — (6) chemin
un pegre(7) du castu lir lon fa maluré — (7) voleur

vatan dire à ma largue(8) lir lon fa malurette — (8) ma femme
que je suis enfourraillé(9) lir lon fa maluré — (9) emprisonné
ma largue tout en colère lir lon fa malurette
m'dit qu'as tu donc morfillé(10) lir lon fa maluré — (10) qu'as tu donc fait?

j'ai fait suer un chêne(11) lir lon fa malurette — (11) j'ai tué un homme
son auberg j'ai engantié(12) lir lon fa maluré — (12) j'ai pris son argent
son auberg et sa toquante(13) lir lon fa malurette — (13) sa montre
et ses attaches de cés(14) lir lon fa maluré — (14) ses boucles de souliers

ma largue part pour versaille lir lon fa malurette
aux pieds de sa majesté lir lon fa maluré
elle lui fonce un bablitard(15) lir lon fa malurette — (15) elle lui présente un placet
pour me faire défourraillé lir lon fa maluré

a si j'en défouraille lir lon fa malurette
ma largue j'antiferai(16) lir lon fa maluré — (16) je l'épouserai
je li ferai porté fontange lir lon fa malurette
et des souliers galuchés(17) lir lon fa maluré — (17) à galoches
mais grand dabe(18) qui s'fache, lir lon fa malurette — (18) le Roi
dit par mon caloquet(19) lir lon fa maluré — (19) [illegible]
je li fais danser une danse lir lon fa malurette
où il n'y a pas de planché lir lon fa maluré

C'est dans la rue du Mail	
Où j'ai été coltigé (1), maluré	*(1) empoigné*
Par trois coquins de railles (2) lirlonfa malurette,	*(2) archers, oubusiers, gendarmes [?]*
Sur mes sique' ont foncé (3), lirlonfa maluré.	*(3) ils se sont jetés sur moi*
Sur mes sique' ont foncé, maluré.	
Ils m'ont mis la tartouve (4), lirlonfa malurette,	*(4) les menottes*
Grand Meudon est aboulé (5), lirlonfa maluré.	*(5) le mouchard est arrivé*
Dans mon trimin (6) rencontre, lirlonfa malurette,	*(6) chemin*
Un peigre (7) du quartier, lirlonfa maluré.	*(7) voleur*
Un peigre du quartier, maluré.	
Va-t'en dire à ma largue (8), lirlonfa malurette,	*(8) ma femme*
Que je suis enfouraillé (9), lirlonfa maluré.	*(9) emprisonné*
Ma largue tout en colère, lirlonfa malurette,	
M'dit: Qu'as tu donc morfillé? (10) lirlonfa maluré.	*(10) qu'as tu donc fait?*
M'dit: Qu'as tu donc morfillé? maluré.	
J'ai fait suer un chêne (11), lirlonfa malurette,	*(11) j'ai tué un homme*
Son auberg j'ai enganté (12), lirlonfa maluré,	*(12) j'ai pris son argent*
Son auberg et sa toquante (13), lirlonfa malurette,	*(13) sa montre*
Et ses attach's de cés (14), lirlonfa maluré.	*(14) ses boucles de soulier*
Et ses attach's de cés, maluré.	
Ma largu' part pour Versailles, lirlonfa malurette,	
Aux pieds d'sa majesté, lirlonfa maluré.	
Elle lui fonce un babillard (15), lirlonfa malurette,	*(15) elle lui présent un plan*
Pour m'faire défourailler, lirlonfa maluré.	
Pour m'faire défourailler, maluré.	

— Ah ! si j'en défouraille, lirlonfa malurette,
Ma largue j'entiferai (16), lirlonfa maluré, *(16)* ilegível
J'li ferai porter fontange, lirlonfa malurette,
Et souliers galuchés (17), lirlonfa maluré. *(17) à galoche*

Et souliers galuchés, maluré.
Mais grand dabe (18) qui s'fâche, lirlonfa malurette, *(18) le Roi*
Dit : — Par mon caloquet (19), lirlonfa maluré, *(19)* ilegível
J'li ferai danser une danse, lirlonfa malurette,
Où il n'y a pas de plancher, lirlonfa maluré.

Prefácio de 1832

Na abertura das primeiras edições desta obra, publicada inicialmente sem nome de autor, havia apenas as poucas linhas que seguem:

> Há duas maneiras de se considerar a existência deste livro. Ou realmente existiu um maço de papéis amarelados e desiguais nos quais se encontravam registrados, um a um, os últimos pensamentos de um miserável; ou houve um homem, um sonhador ocupado em observar a natureza em proveito da arte, um filósofo, um poeta — quem sabe? —, para quem tal ideia foi a fantasia, que a tomou, ou melhor, deixou-se tomar por ela, e não pôde dela se desembaraçar senão lançando-a num livro.
>
> Dessas duas explicações, o leitor poderá escolher aquela que preferir.

Como se pode notar, na época em que este livro foi publicado, o autor não julgou propositado dizer desde o início todo o seu pensamento. Preferiu esperar que ele fosse compreendido, e ver se realmente seria. E foi. Hoje o autor pode desmascarar a ideia política, a ideia social, que quis difundir sob essa inocente e cândida forma literária. Ele declara portanto — ou melhor dizendo, confessa abertamente — que *O último dia* *de um condenado* nada mais é do que uma defesa, direta ou indireta, como quiserem, da abolição da pena de morte. O que tencionou fazer, o que esperava que a posteridade visse em sua obra — se alguma vez ela se ocupar de tão pouco — não era a defesa particular, e sempre fácil, e sempre transitória, de tal ou tal criminoso específico, de tal ou tal acusado de eleição; era sim a defesa geral e permanente de todos os acusados, presentes ou a vir; era a grande questão de direito da humanidade arrazoada e defendida em altos brados diante da sociedade, que é o grande tribunal de justiça; era uma suprema objeção, *abhorrescere a sanguine**, concebida para toda a eternidade e para todos os processos criminais; era confrontar a questão sombria e fatal que palpita obscuramente no fundo de todas as causas capitais sob as triplas camadas do *páthos* com que a retórica sangrenta dos homens do rei a embrulha; a questão de vida ou morte — digo eu — desnudada, despida, despojada dos subterfúgios sonoros do tribunal, brutalmente atualizada, e colocada onde é preciso que a vejam, onde é preciso que esteja, onde ela está realmente, no seu verdadeiro meio, no seu meio horrível: não no tribunal, mas no cadafalso; não junto do juiz, mas junto do carrasco.

Eis o que o autor quis fazer. Se o futuro lhe conferir um dia a glória de tê-lo feito, o que não ousa esperar, de mais nada precisaria para sentir-se realizado.

Ele declara, portanto, e repete, e insiste, em nome de todos os acusados possíveis, inocentes ou culpados, diante de todas as cortes, todas as audiências, todos os júris, todas as justiças. Este livro é dirigido a qualquer um que julgue. E para que a defesa fosse tão ampla quanto a causa, ele teve — e é por isso que

---

* Ter horror de sangue. [N.T.]

O último dia de um condenado foi assim escrito — de extrair de todas as partes de sua matéria o contingente, o acidental, o particular, o especial, o relativo, o modificável, o episódico, a anedota, o acontecido, o nome próprio, e se limitar (se é que isso é se limitar) a defender a causa de um condenado qualquer, executado num dia qualquer, por um crime qualquer. Será feliz se — sem outra ferramenta além de seu pensamento — conseguiu perscrutar o suficiente para fazer sangrar o coração sob o *æs triplex** do magistrado! Feliz, se conseguiu tornar lamentáveis os que se acreditam justos! Feliz, se à força de escavar o juiz, pôde algumas vezes encontrar um homem!

Há três anos, quando este livro foi lançado, algumas pessoas imaginaram que valia a pena contestar ao autor sua ideia. Uns supuseram um livro inglês, outros, um livro americano. Curiosa mania de procurar a mil léguas as origens das coisas, e de fazer vir das fontes do Nilo o riachinho que lava a sua rua! Pois não! Não há aqui nem livro inglês, nem livro americano, nem livro chinês. O autor tomou a ideia de *O último dia de um condenado* não de um livro — não tem o hábito de ir buscar suas ideias tão longe —, mas ali onde todos vocês poderiam tomá-la, onde talvez a tenham tomado (pois quem não escreveu ou imaginou em sua mente *O último dia de um condenado*?): tão simplesmente na praça pública, na praça da Grève. Foi ao passar por lá um dia que recolheu essa ideia fatal, jazendo numa poça de sangue sob os cotos vermelhos da guilhotina.

Desde então, cada vez que se passava, pelo capricho de uma fúnebre quinta-feira de supremo tribunal, um desses dias em que o anúncio de uma sentença de morte corre por Paris, cada vez que o autor escutava vibrar sob suas janelas um

* Tripla couraça. [N.T.]

desses berros roucos que fazem amontoar espectadores na Grève, a dolorosa ideia lhe voltava, apoderava-se dele, enchia-lhe a cabeça de gendarmes, de carrascos e de multidão, contava-lhe hora por hora os últimos sofrimentos do miserável agonizante — neste momento ele se confessa, neste momento cortam-lhe os cabelos, neste momento atam-lhe as mãos —, intimava-o, pobre poeta, a dizer tudo aquilo à sociedade, que se ocupa tranquilamente de seus negócios enquanto essa coisa monstruosa se realiza, apressava-o, empurrava-o, sacudia-o, arrancava-lhe os versos da mente, se é que ele estivesse escrevendo alguns, e matava-os mal os tinha esboçados, impedia todos os seus trabalhos, atravessava-se em tudo, penetrava-o, obcecava-o, sitiava-o. Era um suplício, um suplício que começava com o dia e durava, como o do miserável que estavam torturando no mesmo momento, até as *quatro horas.* Somente então, uma vez anunciado o *ponens caput expiravit** pela sinistra voz do relógio, o autor respirava e reencontrava alguma liberdade de espírito. Um dia enfim — era, acreditava ele, o dia seguinte ao da execução de Ulbach —, pôs-se a escrever este livro. Desde então sentiu-se mais aliviado. Quando mais um desses crimes públicos, que chamamos de execuções judiciais, foi cometido, sua consciência lhe disse que ele não era mais solidário; e ele não mais sentiu em sua fronte aquela gota de sangue que jorra da Grève sobre a cabeça de todos os membros da comunidade social.

Contudo, isso não bastou. Lavar as mãos é bom, impedir o sangue de correr é melhor.

Por isso não via objetivo mais elevado, mais santo, mais augusto que este: contribuir para a abolição da pena de morte. Por

---

* Inclinando a cabeça, expirou. [N.T.]

isso aderiu de corpo e alma às instâncias e aos esforços dos homens generosos de todas as nações que trabalham tantos anos para derrubar a árvore patibular, a única árvore que as revoluções não desenraízam. É com alegria que vem a seu turno, ele, ser ínfimo, dar um golpe de machado e alargar da melhor maneira possível o entalhe que Beccaria* abriu, setenta anos atrás, no velho cadafalso erguido há tantos séculos sobre a cristandade.

Acabamos de afirmar que o cadafalso é a única construção que as revoluções não abatem. É raro, com efeito, que revoluções sejam comedidas em sangue humano, e, uma vez que vêm para aparar, para desramar, para podar a sociedade, a pena de morte é uma das serpes das quais se livram com mais dificuldade.

Reconhecemos, todavia, que se houve uma revolução que nos pareceu digna e capaz de abolir a pena de morte, foi a revolução de julho.** Com efeito, parecia caber ao mais clemente movimento popular dos tempos modernos rasurar a penalidade bárbara de Luís XI, de Richelieu e de Robespierre, e inscrever no frontispício da lei a inviolabilidade da vida humana. 1830 merecia romper com o cutelo de 93.

Tivemos esperanças por um momento. Em agosto de 1830 havia tanta generosidade, tanta piedade no ar, um tal espírito de calma e de civilização flutuava nas massas, sentíamos o coração tão desafogado pelo vislumbre de um belo futuro, que nos parecia que a pena de morte estava abolida de direito, de imediato, por um consentimento tácito e unânime, como o resto das coisas

* Cesare Bonesana de Beccaria (1738-1794), filósofo e criminalista italiano, autor do célebre tratado *Dei delitti e delle pene* (1776) [*Dos delitos e das penas*. São Paulo: Martins Fontes, 2002], favorável a um abrandamento do direito penal. (Cf. Roger Borderie, *op. cit.*). [N.E.]

** Revolução de 1830 (27, 28 e 29 de julho de 1830), insurreição que se estendeu por três dias, chamados de Três Gloriosos, que levou à abdicação de Carlos X e à instauração da Monarquia de Julho, sob Luís Filipe I. [N.T.]

nefastas que nos haviam incomodado. O povo acabava de fazer uma fogueira com os farrapos do Antigo Regime. A pena de morte era o farrapo sangrento. Acreditamos que estava no mesmo monte. Pensamos que tinha sido queimada com o resto. E durante algumas semanas, confiantes e crédulos, tivemos fé no futuro, na inviolabilidade da vida assim como na inviolabilidade da liberdade.

E, com efeito, dois meses mal se tinham passado e uma tentativa foi feita para converter em realidade legal a utopia sublime de Cesare Bonesana.

Infelizmente, essa tentativa foi canhestra, desajeitada, quase hipócrita e feita com outro interesse que o interesse geral.

No mês de outubro de 1830 — lembramos —, alguns dias depois de ter descartado pela ordem do dia a proposta de sepultar Napoleão sob a coluna, a Câmara inteira se pôs a soluçar e a berrar. A questão da pena de morte foi submetida à discussão — diremos mais abaixo por que motivo —, e então pareceu que todas essas entranhas de legisladores foram tomadas de uma súbita e maravilhosa misericórdia. Era a quem falaria, a quem gemeria, a quem ergueria as mãos aos céus. A pena de morte, Deus do Céu!, que horror! Um velho procurador-geral, pálido em sua beca vermelha, que toda a sua vida havia comido o pão mergulhado no sangue dos requisitórios, compôs de repente um ar lastimoso e nomeou os deuses a testemunha de que a guilhotina o indignava. Durante dois dias a tribuna não se esvaziava de arengueiros choramingando. Foi uma lamentação, uma cantilena, um concerto de salmos lúgubres, um *Super flumina Babylonis**, um *Stabat mater dolorosa***, uma

---

* Junto aos rios da Babilônia (Salmo 137:1). Versículo completo: "Junto aos rios da Babilônia nos assentamos e choramos, lembrando-nos de Sião." [N.T.]

** E lá estava a dolorosa mãe (João 19:25). Versículo completo: "E junto à cruz de Jesus estava sua mãe, e a irmã de sua mãe, Maria, nulher de Clopas, e Maria Madelena." [N.T.]

grande sinfonia em dó maior, com coro, executada por toda uma orquestra de oradores a ornar os primeiros bancos da Câmara, e cria tão belos sons em seus grandes dias. Um veio com seu baixo, o outro com seu falsete. Nada faltou. Impossível imaginar. A sessão noturna, sobretudo, foi suave, paternal e comovente como um quinto ato de Lachaussée. O bom público, que não entendia nada, estava banhado em lágrimas.[1]

O que era tudo aquilo então? Abolir a pena de morte?

Sim e não.

Eis os fatos:

Quatro homens da sociedade, quatro homens sérios, de bem, desses homens que podíamos ter encontrado em algum salão, e com quem teríamos trocado algumas palavras educadas; quatro desses homens — explico — tinham tentado, nas altas esferas políticas, um desses golpes ousados que Bacon chama de *crimes* e Maquiavel de *empreendimentos*. Ora, crime ou empreendimento, a lei, brutal para todos, pune isso com a morte. E os quatro infelizes estavam ali, prisioneiros, cativos da lei, guardados por trezentas insígnias tricolores sob as belas ogivas de Vincennes. O que fazer e como fazer? Hão de convir que é impossível enviá-los à Grève, numa carroça, ignobilmente atados com cordas grosseiras, lado a lado com esse funcionário que é melhor nem nomear, quatro homens como eu e você, quatro *homens públicos*! Se ao menos houvesse uma guilhotina de mogno!

Pois bem! Basta abolir a pena de morte!

E isso posto, a Câmara se põe ao trabalho.

1. Não pretendemos envolver no mesmo desdém *tudo* o que foi dito nessa ocasião na Câmara. Aqui e lá foram certamente pronunciadas algumas palavras belas e dignas. Nós aplaudimos, como todos, o discurso grave e simples do senhor de Lafayette e, em outra nuança, a notável improvisação do senhor Villemain.

Notem, cavalheiros, que ainda ontem os senhores tratavam essa abolição como uma utopia, pura teoria, sonho, devaneio, poesia. Notem que não é a primeira vez que tentam chamar a sua atenção para a carroça, para as cordas grosseiras e para a horrível máquina escarlate, e que é estranho que esse medonho equipamento lhes salte aos olhos assim de repente.

Ora! É exatamente disso que se trata! Não é por sua causa, povo, que nós abolimos a pena de morte, mas por nossa causa, deputados que podemos nos tornar ministros. Nós não queremos que o instrumento de Guillotin morda as altas classes. Nós acabaremos com ele. Tanto melhor se isso serve para todos, mas nós pensamos é em nós mesmos. Ucalegon arde.* Apaguemos o fogo. Rápido, suprimamos o carrasco, rasuremos o código.

E é assim que uma liga de egoísmo adultera e descaracteriza as mais belas combinações sociais. É o veio negro no mármore branco; ele circula por toda parte e aparece de improviso a qualquer momento sob o cinzel. Sua escultura tem de ser refeita.

Evidentemente — não há necessidade de declarar isso aqui — não fazemos parte daqueles que reclamavam a cabeça dos quatro ministros. Uma vez que esses desafortunados foram presos, a cólera indignada que nos tinha inspirado o atentado praticado por eles se transformou, em nós como em todo mundo, em profunda piedade. Consideramos os preconceitos de educação de alguns deles, o cérebro pouco desenvolvido do líder — fanático e obstinado nas conspirações de 1804, envelhecido precocemente sob a sombra úmida das prisões do Estado —, as necessidades fatais de sua posição comum, a impossibilidade de deter a queda rápida na qual a monarquia

* *Jam proximus ardet Ucalegon* (*Eneida*, II, 311-312). [N.T.]

se lançara por conta própria, a toda velocidade, em 8 de agosto de 1829*, sob a influência, bem pouco calculada por nós até então, da pessoa real, sobretudo devido à dignidade que um deles ostentava como um manto imperial sobre a infelicidade. Estávamos entre os que lhes desejavam bem sinceramente a vida salva, e que estavam prontos a se dedicar a isso. Se jamais, por uma enorme improbabilidade, o cadafalso deles fosse um dia erguido na Grève, não duvidamos — e se for uma ilusão, gostaríamos de conservá-la —, não duvidamos que haveria uma insurreição para derrubá-lo, e quem escreve estas linhas faria parte dessa santa insurreição. Pois é importante dizer também, nas crises sociais, entre todos os cadafalsos, o cadafalso político é o mais abominável, o mais funesto, o mais venenoso, o que é mais necessário extirpar. Essa espécie de guilhotina se enraíza no chão e, em pouco tempo, germina como um enxerto em todos os pontos do solo.

Em tempos de revolução, tenham cuidado com a primeira cabeça que cai. Ela abre o apetite do povo.

Estávamos portanto pessoalmente de acordo com aqueles que desejavam poupar os quatro ministros, e de acordo de qualquer forma, tanto pelas razões sentimentais como pelas razões políticas. Entretanto, teríamos preferido que a Câmara escolhesse uma outra ocasião para propor a abolição da pena de morte.

Se a tivessem proposto, essa desejável abolição, não por conta de quatro ministros despencados das Tuileries em Vincennes, mas por conta do primeiro salteador vindo, por conta de um

---

* Data da constituição de um novo ministério radical (Coblentz-Waterloo-1815), com de Polignac no Ministério do Exterior, Bourmont no da Guerra e la Bourdonnaye no do Interior (Cf. Roger Boderie, *op. cit.*). [N.E.]

desses miseráveis que os senhores mal olham quando cruzam com eles na rua, a quem não dirigem a palavra, cujo convívio empoeirado evitam instintivamente; um desses miseráveis, cuja infância maltrapilha correu descalça por ruas lamacentas, tremelicando no inverno à beira dos cais, aquecendo-se no respiradouro das cozinhas de M. Véfour — em cujas mesas os senhores costumam jantar —, descobrindo aqui e lá um pedaço de pão num monte de lixo e esfregando-o antes de comer, vasculhando todos os dias o córrego para tentar encontrar uma moeda, não tendo outra diversão além do espetáculo gratuito da festa do rei e as execuções na Grève, esse outro espetáculo grátis; pobres diabos que a fome leva ao furto, e o furto ao resto; crianças deserdadas de uma sociedade madrasta, que a casa de detenção pega aos doze anos, as galés aos dezoito e o cadafalso aos quarenta; desafortunados que com uma escola e uma oficina os senhores poderiam ter tornado bons, morais, úteis, e com os quais não sabem agora o que fazer, despejando-os, como um fardo inútil, ora no rubro formigueiro de Toulon, ora entre as mudas muralhas de Clamart, subtraindo-lhes a vida depois de lhes ter roubado a liberdade; se os senhores tivessem proposto abolir a pena de morte por conta de um desses homens, ah!, então vossa sessão teria sido realmente digna, grandiosa, santa, majestosa, venerável. Desde que os augustos pais de Trento convidaram os heréticos ao famoso concílio em nome das entranhas de Deus, *per viscera Dei*, porque esperavam que se convertessem, *quoniam sancta synodus sperat hoereticorum conversionem**, nenhuma assembleia de homens jamais teria apresentado ao mundo espetáculo mais sublime, mais ilustre e mais misericordioso. Sempre pertenceu aos verdadeiramente

* Porque o Santo Sínodo espera a conversão dos heréticos. [N.T.]

fortes e verdadeiramente grandes a preocupação com o fraco e o pequeno. Um conselho de brâmanes seria belo se chamasse para si a causa de um pária. E aqui a causa do pária é a causa do povo. Se abolissem a pena de morte tendo em vista o povo, e sem esperar que a questão lhes interessasse, os senhores fariam mais que uma obra política, fariam uma obra social.

Ao passo que nem sequer fizeram uma obra política tentando aboli-la, não por abolir, mas para salvar quatro ministros infelizes pegos com a boca na botija dos golpes de Estado!

O que aconteceu? É que como os senhores não estavam sendo sinceros, ficamos desconfiados. Quando o povo viu que queriam enganá-lo, ele se irritou contra toda a questão em seu conjunto e — coisa notável! — tomou com unhas e dentes a defesa dessa pena de morte da qual, no entanto, ele suporta todo o peso. Foi vossa falta de habilidade que o levou a isso. Abordando a questão de viés e sem franqueza, os senhores a comprometeram por muito tempo. Os senhores encenaram uma comédia. Ela foi vaiada.

No entanto, algumas almas haviam tido a bondade de levar essa farsa a sério. Imediatamente depois dessa famosa sessão, um ministro da justiça honesto deu ordem aos procuradores-gerais para que fossem indefinidamente suspensas todas as execuções capitais. Era em aparência um grande passo. Os adversários da pena de morte respiraram. Mas foi breve a ilusão.

O processo dos ministros foi levado a termo. Não sei que sentença foi proferida. As quatro vidas foram poupadas. O forte de Ham foi escolhido como meio-termo entre a morte e a liberdade. Feitos esses conchavos, todo e qualquer medo desapareceu do espírito dos homens de Estado dirigentes e, com o medo, foi-se também a humanidade. Não se falou mais em abolir o suplício capital; e uma vez que não se precisa mais dela, a utopia voltou a ser utopia, a teoria, teoria, a poesia, poesia.

Contudo, ainda havia nas prisões alguns infelizes, condenados vulgares, que circulavam nos pátios há cinco ou seis meses, respirando o ar, desde então tranquilos, certos de viver, tomando essa suspensão da pena por sua salvação. Mas aguardem.

O carrasco, para dizer a verdade, sentiu um grande medo. No dia em que ouviu os criadores de leis falarem de humanidade, filantropia, progresso, viu-se perdido. Ele se escondeu, o miserável, encolheu-se debaixo da guilhotina, desconfortável sob o sol de julho como um pássaro noturno à luz do dia, tentando se fazer esquecer, tapando as orelhas e não ousando respirar. Não o viam havia seis meses. Não dava mais sinal de vida. Pouco a pouco, entretanto, tranquilizou-se na escuridão. Ficou à escuta lá pelo lado das Câmaras e não ouviu pronunciarem o seu nome. Nada mais daquelas palavras sonoras das quais sentira tanto pavor. Nada mais daqueles comentários declamatórios *Dos delitos e das penas*. Ocupavam-se de coisas totalmente diferentes, de algum desses graves interesses nacionais, de uma estrada vicinal, de uma subvenção para a Opéra-Comique, ou de uma sangria de cem mil francos no orçamento apoplético de um bilhão e meio. Ninguém mais se lembrava dele, do corta-cabeças. Vendo isso, o homem se tranquiliza, coloca a cabeça para fora do buraco e olha para todos os lados; dá um passo, depois mais um, como este ou aquele camundongo de La Fontaine, depois se aventura a sair completamente de baixo de seu estrado, então salta por cima dele, o rearranja, restaura, lustra, acaricia, brinca com ele, o faz brilhar, põe-se a lubrificar a velha mecânica enferrujada que a ociosidade tinha avariado; subitamente ele se volta, pega ao acaso pelos cabelos, na primeira prisão que encontra, um desses desafortunados que contavam com a vida, arrasta-o para si, o despoja, amarra, enlaça, e eis que as execuções recomeçam.

Tudo isso é medonho, mas é a história.

Sim, uma suspensão de pena de seis meses foi concedida a esses infelizes cativos, cujo castigo foi dessa maneira agravado gratuitamente, ao fazê-los retornar à vida; depois, sem razão, sem necessidade, sem saber muito bem por quê, *pelo prazer*, um belo dia, revogaram a suspensão e recolocaram friamente todas essas criaturas humanas na linha de abate. Pois bem, meu Deus, eu lhes pergunto, que diferença faria para cada um de nós que esses homens vivessem? Será que não há na França ar suficiente para todos respirarem?

Para que um dia um miserável empregado do ministério, a quem isso era totalmente indiferente, tenha-se erguido de sua cadeira dizendo: "Ora, ninguém mais está pensando na abolição da pena de morte. Já é hora de começar a guilhotinar de novo!", é preciso que algo bem monstruoso tenha acontecido no coração de tal homem.

De resto, que isso seja dito, as execuções nunca foram acompanhadas de circunstâncias mais atrozes desde que foi revogada a suspensão de julho; nunca as futricas sobre a praça da Grève foram mais revoltantes e provaram melhor a execração da pena de morte. Esse incremento de horror é o justo castigo dos homens que recolocaram o código do sangue em vigor. Que sejam punidos por sua obra. Bem feito.

É preciso citar aqui dois ou três exemplos do que certas execuções tiveram de abominável e de ímpio. É preciso provocar uma crise de nervos nas esposas dos procuradores do rei. Uma mulher é às vezes uma consciência.

No sul da França, mais ou menos no fim do mês de setembro último — não temos muito bem presentes no espírito o local, o dia, nem o nome do condenado, mas encontraremos tudo se alguém vier contestar o fato, e acreditamos que era em

Pamiers —, mais ou menos no fim de setembro, portanto, vieram buscar um homem na sua prisão, onde ele estava sossegadamente jogando baralho: avisam-lhe que ele deverá morrer em duas horas, o que o faz tremer de alto a baixo, pois, passados seis meses em que o haviam esquecido, ele não esperava mais a morte; cortam sua barba, seus cabelos, amarram-no, confessam-no; depois transportam-no entre quatro guardas, em meio à multidão, até o local da execução. Até aqui, nada de especial. É assim que essas coisas se fazem. Quando chega ao cadafalso, o carrasco toma-o ao padre, leva-o, amarra-o na báscula, *enforna*-o — sirvo-me aqui da gíria —, e em seguida larga a lâmina. O pesado triângulo de ferro se solta com dificuldade, vai caindo em solavancos pelas ranhuras e, eis que o horrível começa, entalha o homem sem matá-lo. O homem solta um grito medonho. O carrasco, desconcertado, levanta a lâmina e a deixa cair novamente. A lâmina morde o pescoço do paciente uma segunda vez, mas não o corta. O paciente urra, a multidão também. O carrasco torna a içar a lâmina, esperando mais do terceiro golpe. Nada. O terceiro golpe faz jorrar um terceiro rio de sangue da nuca do condenado, mas não faz cair a cabeça. Abreviemos. A faca subiu e caiu cinco vezes, cinco vezes machucou o condenado, cinco vezes o condenado urrou com o golpe e sacudiu sua cabeça viva pedindo misericórdia. O povo indignado catou pedras e em sua justiça se pôs a lapidar o miserável carrasco. O carrasco fugiu para trás da guilhotina e foi-se esconder entre os cavalos dos gendarmes. Mas ainda não é tudo. O supliciado, vendo-se sozinho no cadafalso, levantou-se no estrado e ali, de pé, banhado em sangue, sustentando sua cabeça semidecepada que pendia sobre os ombros, pedia com gritos fracos que viessem soltá-lo. A multidão, cheia de piedade, estava a ponto de forçar a passagem entre os gendarmes e ir ajudar o infeliz que viu ser cumprida cinco vezes sua sentença de morte. Nesse momento um auxiliar de carrasco, um jovem de vinte anos, sobe no cadafalso, diz ao paciente para se virar a fim de que ele o desate e, aproveitando a postura do moribundo que assim se entregava a ele sem reserva, salta sobre suas costas e se põe penosamente a cortar o que lhe restava de pescoço com não sei que faca de açougueiro. Isso aconteceu. Isso foi visto. Sim.

De acordo com a lei, um juiz deve ter assistido a essa execução. Com um sinal ele poderia parar tudo. O que esse homem fazia então enterrado em seu carro enquanto massacravam outro homem? O que fazia esse punidor de assassinos enquanto assassinavam em plena luz do dia, sob seus olhos, sob o hálito de seus cavalos, sob o vidro de sua porta.

E o juiz não foi levado a julgamento! E o carrasco não foi levado a julgamento! E nenhum tribunal inquiriu sobre essa exterminação monstruosa de todas as leis na pessoa sagrada de uma criatura de Deus!

No século XVII, na época de barbárie do código criminal, sob Richelieu, sob Christophe Fouquet, quando o senhor de Chalais foi levado à morte na praça do Bouffay de Nantes por um soldado desajeitado que, no lugar de um golpe de espada, deu-lhe 34 golpes[2] de enxó de tanoeiro, pelo menos isso pareceu irregular ao parlamento de Paris: houve inquérito e processo e, se Richelieu não foi punido, se Christophe Fouquet não foi punido, o soldado foi. Injustiça, sem dúvida, mas no fundo da qual havia alguma justiça.

Aqui, nada. A coisa aconteceu depois de julho, em tempos de costumes suaves e de progresso, um ano depois da célebre

2. La Porte diz que foram 22, mas Aubery diz 34. O senhor de Chalais gritou até o vigésimo.

lamentação da Câmara sobre a pena de morte. Pois bem, o fato passou absolutamente despercebido. Os jornais de Paris publicaram-no como uma anedota. Ninguém deu importância. Souberam apenas que a guilhotina havia sido deslocada de propósito por alguém que *queria prejudicar o executor das nobres tarefas*. Foi um auxiliar do carrasco despedido pelo mestre que, para se vingar, fez-lhe essa trapaça.

Foi apenas uma travessura. Continuemos.

Em Dijon, há três meses, levaram uma mulher ao suplício. (Uma mulher!) Dessa vez de novo a lâmina do doutor Guillotin fez mal o seu serviço. A cabeça não foi inteiramente cortada. Então os auxiliares do executor se lançaram aos pés da mulher e, em meio aos urros da infeliz e à força de safanões e estremecimentos, separaram-lhe a cabeça do corpo, arrancando-a.

Em Paris, voltamos aos tempos das execuções secretas. Como não ousam mais decapitar na Grève desde julho, como têm medo, como são covardes, eis o que fazem. Recentemente pegaram um homem no Bicêtre, um condenado à morte, um tal de Désandrieux, acho; colocaram-no numa espécie de cesto puxado sobre duas rodas, fechado de todos os lados, trancado a cadeado; então, com um guarda à frente e outro atrás, sem fazer alarde e sem multidão, depositaram o pacote na porta deserta de Saint-Jacques.* Quando ali chegaram eram oito horas da manhã, mal começava o dia, e já havia uma guilhotina fresquinha erguida e como público talvez uma dezena de meninos acomodados num monte de pedras ali perto, em volta da máquina inesperada; rapidamente tiraram o homem do cesto e, sem lhe dar tempo de respirar, furtivamente, sorrateiramente,

* A porta de Saint-Jacques era uma das que davam acesso a Paris, na época cercada de muralha. [N.T.]

vergonhosamente, escamotearam-lhe a cabeça. A isso chamam um ato público e solene de alta justiça. Derrisão infame!

Como então os homens do rei compreendem a palavra civilização? Em que ponto da civilização estamos? A justiça rebaixada aos estratagemas e aos embustes! A lei, aos artifícios! Monstruoso!

Um condenado à morte deve ser portanto uma coisa bem temível, para que a sociedade o trate de maneira tão traiçoeira!

Sejamos justos, entretanto, a execução não foi totalmente secreta. Naquela manhã gritaram e venderam como de costume a sentença de morte pelas ruas de Paris. Parece que tem gente que vive dessa venda. Percebem? Do crime de um desafortunado, de seu castigo, de suas torturas, de sua agonia, fazem uma mercadoria barata, um papel que vendem por um tostão. Podem conceber algo mais medonho do que essa moeda, azinhavrada no sangue? Quem então a recolhe?

Eis bastantes fatos. Fatos demais. Tudo isso não é horrível? O que os senhores têm para alegar em defesa da pena de morte?

Colocamos essa questão seriamente: e a colocamos para que a respondam, a colocamos aos criminalistas, e não aos letrados palavrosos. Sabemos que há pessoas que elegem a excelência da pena de morte como exercício de paradoxo, como escolheriam qualquer outro tema. Outros só gostam da pena de morte porque odeiam fulano ou cicrano que a ataca. É para eles uma questão quase literária, uma questão de pessoas, uma questão de nomes próprios. Esses são os invejosos, que não fazem mais falta aos bons jurisconsultos do que aos grandes artistas. Como Giuseppe Grippa não faz mais falta a Filangieri do que Torregiani fazia a Michelangelo e Scudéry a Corneille.*

* Giuseppe Grippa, desconhecido professor de Salerno, destacou-se apenas por vilipendiar Filangieri; Gaetano Filangieri (1752-1788) foi um jurisconsulto italiano

Não é a eles que nos dirigimos, mas aos homens de lei propriamente ditos, aos dialéticos, aos pensadores, àqueles que amam a pena de morte pela pena de morte, por sua beleza, por sua bondade, por sua graça.

Vejamos então, e que deem suas razões.

Os que julgam e condenam dizem que a pena de morte é necessária. Primeiro porque é importante subtrair da comunidade social um membro que já a lesou e poderia lesá-la novamente. Se se tratasse apenas disso, a prisão perpétua bastaria. Para que a morte? Objetarão que se pode escapar de uma prisão. Façam melhor a sentinela. Se não acreditam na solidez das grades de ferros, como ousam ter zoológicos?

Nada de carrasco onde basta o carcereiro.

Mas, retorquirão, é preciso que a sociedade se vingue, que a sociedade puna. Nem uma coisa nem outra. Se vingar é próprio do indivíduo, punir é de Deus.

A sociedade está entre os dois. O castigo está acima dela, e a vingança, abaixo. Nada de tão grande ou de tão pequeno lhe convém. Ela não deve "punir para se vingar"; ela deve *corrigir para melhorar*. Transformem dessa maneira a fórmula dos criminalistas, nós a compreenderemos e a ela aderiremos.

Resta a terceira e última razão, a teoria do exemplo. É preciso dar o exemplo! É preciso assustar, por meio do espetáculo do fim reservado aos criminosos, os que seriam tentados a imitá-los!

Eis aí quase textualmente a frase eterna de que todos os requisitórios dos quinhentos tribunais da França são apenas

---

e filósofo do Iluminismo italiano; Pietro Torregiani foi um escultor florentino que, numa briga, quebrou o nariz de Michelangelo; Georges de Scudéry (1601-1667) foi um detrator de Corneille, não sendo outro o motivo de suas arengas que não a mera inveja. [N.T.]

variações mais ou menos sonoras. Pois bem! Negamos primeiramente que haja aí exemplo. Negamos que o espetáculo dos suplícios produza o efeito esperado. Longe de edificar o povo, ele o desmoraliza, e destrói toda sua sensibilidade, despedaçando qualquer virtude. As provas abundam e atravancariam nosso raciocínio se quiséssemos citá-las. Assinalaremos entretanto um fato entre mil, porque é o mais recente. No momento em que escrevemos, contamos apenas dez dias da data. Aconteceu no dia 5 de março, último dia do carnaval. Em Saint-Pol, imediatamente depois da execução de um incendiário chamado Louis Camus, um grupo de mascarados veio dançar em torno do cadafalso ainda fumegante. Façam pois exemplos, a terça-feira gorda rirá debaixo do seu nariz!

Porém, se apesar da experiência os senhores ainda se apegam à teoria rotineira do exemplo, então devolvam-nos o século XVII; sejam verdadeiramente formidáveis, devolvam-nos a variedade de suplícios, devolvam-nos Farinacci*, devolvam-nos os algozes, devolvam-nos a forca, a roda, a fogueira, a polé, o desorelhamento, o esquartejamento, a cova para enterrar vivo, a tina para cozinhar vivo; devolvam-nos, em todas as esquinas de Paris, como uma lojinha a mais entre outras, essa medonha quitanda do carrasco, sempre guarnecida de carne fresca. Devolvam-nos Montfaucon**, suas dezesseis colunas de pedra, suas pesadas fundações, seus porões com ossadas, suas vigas, seus ganchos, suas correntes, seus montes de esqueletos, sua fachada de gesso

* Prospero Farinacci (1554-1618) foi procurador-geral, famoso pela severidade na aplicação de penas. Acabou conhecendo os dois lados do júri: problemas legais o ocuparam pelo resto da vida (foi preso, perdeu um olho numa briga e foi acusado de sodomia). [N.T.]

** Antigo bairro fora de Paris, localizado entre os bairros de Saint-Martin e do Temple, onde no século XIII se erguera um enorme patíbulo que podia receber até sessenta enforcados ao mesmo tempo. [N.T.]

mosqueada de corvos, seus patíbulos sucursais, e o odor de cadáver que o vento nordeste espalha a largas baforadas por todo o *faubourg* do Temple. Devolvam-nos, em toda a sua permanência e poder, essa gigantesca alpendrada do carrasco de Paris. Já não é sem tempo! Isso é que é exemplo em grande estilo. Eis a pena de morte bem compreendida. Eis um sistema de suplício de belas proporções. Eis algo horrível, mas que é temível.

Ou então façam como na Inglaterra. Na Inglaterra, país do comércio, pegam um contrabandista na costa de Douvres e o enforcam *para dar exemplo*; *para dar exemplo* deixam-no pendurado na forca; mas, como as intempéries poderiam deteriorar o cadáver, cobrem-no cuidadosamente com uma tela besuntada de piche, a fim de ter de renovar menos frequentemente. Oh! Terra da economia! Alcatroar os enforcados!

No entanto, isso ainda tem alguma lógica. É a maneira mais humana de compreender a teoria do exemplo.

Mas os senhores acreditam seriamente fazer exemplo quando degolam de forma miserável um pobre homem no canto mais deserto dos bulevares exteriores de Paris? Na Grève, em plena luz do dia, vá lá; mas na porta de Saint-Jacques! Às oito horas da manhã? Quem passa por ali? Quem vai até lá? Quem sabe que os senhores estão matando um homem naquele lugar? Quem tem a mais remota ideia de que os senhores estão dando um exemplo ali? Um exemplo para quem? Para as árvores do bulevar, aparentemente.

Os senhores não veem que suas execuções públicas estão sendo feitas furtivamente? Não veem que estão se escondendo? Que têm medo e vergonha de sua própria obra? Que balbuciam ridiculamente o seu *discite justitiam moniti*?* Que, no fundo, os senhores estão abalados, interditados, inquietos,

* Aprendam a justiça pelo exemplo. [N.T.]

incertos de estarem com a razão, assolados pela dúvida geral, cortando cabeças por hábito e sem saber muito bem o que estão fazendo? Não sentem no fundo de seus corações que os senhores pelo menos perderam o sentimento moral e social da missão de sangue que seus predecessores, os velhos parlamentares, cumpriam com a consciência tão tranquila? De noite, os senhores não reviram mais do que eles a cabeça no travesseiro? Outros, antes dos senhores, ordenaram as execuções capitais, mas eles estimavam ter o direito a seu lado, achavam-se justos, fazendo o bem. Jouvenel des Ursins pensava ser um juiz, Élie de Thorette pensava ser um juiz, Laubardemont, La Reynie e Laffemas eles mesmos pensavam ser juízes*; os senhores, em seu íntimo, não têm muita certeza de não serem assassinos!

Trocam a Grève pela porta de Saint-Jacques, a multidão pela solidão, o dia pelo amanhecer. Não fazem mais firmemente o que deveriam fazer. Os senhores estão se escondendo, eu lhes afirmo!

Todas as razões para a pena de morte, ei-las portanto demolidas. Eis todos os silogismos de tribunal reduzidos a pó. Todas as rebarbas dos requisitórios, ei-las varridas e reduzidas a cinzas. O menor toque de lógica anula todas as más argumentações.

Que os homens do rei não venham mais, portanto, pedir cabeças a nossos jurados, a nossos cidadãos, exortando-lhes, com a voz afável, em nome da sociedade a proteger, da vindita pública a assegurar, dos exemplos a dar. Isso tudo é pura retórica, palavrório, vazio! Basta um golpe de alfinete nessas hipérboles e elas esvaziarão. No fundo dessa açucarada rabulice, encontrarão apenas dureza de coração, crueldade,

* Exemplos de juízes que se destacaram pela forma impiedosa e cruel com que presidiram algumas execuções notórias. [N.T.]

barbárie, desejo de provar seu zelo, necessidade de ganhar seus honorários. Calem-se, mandarins! Sob a pata de veludo do juiz, podemos sentir as garras do carrasco.

É difícil pensar a sangue-frio sobre o que vem a ser um procurador criminal do rei. É um homem que ganha a vida enviando outros ao cadafalso. É o fornecedor titular das praças de Grève. Fora isso, é um senhor que tem pretensões de estilo e de literatura, um bom orador — ou que pensa sê-lo — que recita, quando crê necessário, um ou dois versos em latim antes de concluir com a morte, que busca provocar efeito, que só vê seu amor-próprio — oh! miséria! — lá onde outros engajaram sua vida, que tem seus próprios modelos, seus arquétipos desesperantes, seus clássicos, seu Bellard, seu Marchangy* — como tal poeta tem Racine e tal outro Boileau. No debate, pende para o lado da guilhotina, é seu papel, é sua função. Seu requisitório é sua obra literária: ele o floreia com metáforas, perfuma-o com citações; é preciso que pareça bonito à audiência, que agrade às senhoras. Ele tem sua bagagem de lugares-comuns ainda novos para a província, suas elegâncias de elocução, seus achados, seus refinamentos de escritor. Ele detesta a palavra comum quase tanto quanto nossos poetas trágicos da escola de Delille.** Não tema que ele chame as coisas pelo seu nome. Deus o livre! Ele tem disfarces completos de epítetos e adjetivos para toda ideia cuja crueza o revoltaria. Ele torna um Samson***

* Procuradores que mandaram à morte respectivamente Louvel, o assassino do duque de Berry, e os Quatro Sargentos da Insurreição de La Rochelle, no início do século XIX. [N.T.]

** O abade Delille (1738-1813) destacou-se como grande poeta, mas tendendo ao preciosismo. [N.T]

*** Nome derivado de Sanson, família que detinha o direito hereditário do castigo máximo. Por analogia, passou-se a grafar Samson, forma francesa do juiz hebreu com força sobre-humana. [N.T.]

apresentável. Ele encobre a lâmina. Ele oculta a báscula. Ele dissimula a cesta vermelha em uma perífrase. Impossível saber o que é. É açucarado e decente. Podem imaginá-lo, de noite, em seu gabinete, elaborando a seu bel-prazer e da melhor forma possível essa arenga que fará erguer um cadafalso em seis semanas? Imaginam-no suando sangue e água para encaixar a cabeça de um acusado no artigo mais fatal do código? Conseguem vê-lo serrando com uma lei malfeita o pescoço de algum miserável? Notam como infunde num desperdício de tropos e sinédoques dois ou três textos venenosos, para deles extrair e obter custosamente a morte de um homem? Não é verdade que enquanto escreve, sob sua mesa, na sombra, ele provavelmente tem o carrasco acocorado a seus pés, e que de tempos em tempos para sua pluma para dizer, como o mestre a seu cachorro: "Calma! Calma! Você vai ganhar o seu osso!"

De resto, na vida privada, esse funcionário do rei pode ser um homem honesto, bom pai, bom filho, bom marido, bom amigo, como dizem todos os epitáfios do Père-Lachaise.

Esperemos que esteja próximo o dia em que a lei abolirá essas funções fúnebres. O ar de nossa civilização por si só deveria acabar em algum momento com a pena de morte.

Às vezes somos levados a crer que os defensores da pena de morte não refletiram bem sobre o que ela realmente é. Mas procurem pesar na balança de um crime qualquer esse direito exorbitante que a sociedade se outorga, de poder subtrair o que não deu; essa pena, a mais irreparável das penas irreparáveis!

Das duas, uma:

Ou o homem que os senhores castigam não tem família, parentes, vínculos nesse mundo. E nesse caso não recebeu nem educação, nem instrução, nem cuidados para seu espírito ou para seu coração; e então com que direito os senhores matam esse órfão miserável? Os senhores o punem pelo fato de ter em sua infância rastejado pelo solo sem estirpe e sem tutor! Os senhores lhe imputam por antecipação o isolamento em que o deixaram! De sua infelicidade os senhores fazem um crime! Ninguém o ensinou a saber o que estava fazendo. Esse homem ignora. A culpa está no seu destino, não nele. Os senhores castigam um inocente.

Ou esse homem tem uma família; e então acham que o golpe com o qual o degolam fere apenas a ele?, seu pai, sua mãe, seus filhos não sangrarão também? Não. Matando-o, os senhores decapitam toda a família. E aqui mais uma vez castigam inocentes.

Canhestra e cega penalidade que, não importando de que lado se vira, castiga um inocente!

Esse homem, esse culpado que tem uma família, sequestrem-no. Em sua prisão ele ainda poderá trabalhar para os seus. Mas como os fará viver do fundo de seu túmulo? Os senhores conseguem pensar sem estremecer no que se tornarão esses meninos, essas meninas, de quem arrancam o pai, ou seja, o pão? Será que contam com essa família para abastecer daqui a quinze anos, eles as galés, elas as casas de tolerância? Oh! os pobres inocentes!

Nas colônias, quando uma sentença de morte mata um escravo, pagam mil francos de indenização ao proprietário do homem. Como? Os senhores indenizam o mestre e não indenizam a família? Aqui também não estão roubando um homem daqueles que o possuem? Ele não é, a um título muito mais sagrado do que o do escravo em relação ao mestre, a propriedade de seu pai, o bem de sua mulher, o objeto de seus filhos?

Já comprovamos sua lei como um assassinato. Ei-la agora comprovada como furto.

Mais uma coisa. A alma desse homem, os senhores pensam nela? Sabem em que estado se encontra? Ousam despachá-la assim tão levianamente? Outrora, ao menos, um pouco de fé circulava no povo; no momento supremo, o sopro religioso que estava no ar podia abrandar os mais empedernidos; um condenado era ao mesmo tempo um penitente; a religião abria-lhe um mundo no momento em que a sociedade lhe fechava outro; toda alma tinha consciência de Deus; o cadafalso era apenas uma fronteira do céu. Mas que esperança podem colocar no cadafalso agora que a grande massa não tem mais crença? Agora que todas as religiões foram atacadas pela gangrena, como os velhos navios apodrecendo em nossos portos, mas que outrora, talvez, descobriram novos mundos? Agora que as crianças zombam de Deus? Com que direito ousam lançar em algo cuja existência os senhores mesmo questionam as almas obscuras de seus condenados, essas almas tais como Voltaire e Pigault-Lebrun* as fizeram? Os senhores as livram ao capelão da prisão, excelente velhinho sem dúvida; mas ele tem fé e ajuda a propagá-la? Ele não despacha como um fardo o que deveria ser uma obra sublime? Os senhores o tomam por um padre, esse homenzinho que troca ideias com o carrasco na carroça? Um escritor cheio de alma e de talento bem disse antes dos senhores: *É uma coisa terrível conservar o carrasco depois de ter tirado o confessor!*

Isso tudo são, sem dúvida, apenas "razões sentimentais", como dizem alguns altivos que só veem lógica em suas próprias cabeças. Aos nossos olhos, essas são as melhores. Preferimos em geral as razões do sentimento às razões da razão. Aliás, as duas séries estão sempre ligadas, não esqueçamos. *Dos delitos e das penas* foi inspirado no *Espírito das Leis*. Montesquieu engendrou Beccaria.

---

* Pigault-Lebrun (1753-1835) foi um homem de letras devasso e autor de obras populares, assim como de um famoso panfleto antirreligioso, intitulado *Le Citateur*. [N.T.]

A razão está do nosso lado, o sentimento está do nosso lado, a experiência também está do nosso lado. Nos estados modelos, onde a pena de morte foi abolida, a massa de crimes capitais declina ano a ano progressivamente. Considerem isso.

Não pedimos contudo, por enquanto, uma brusca e completa abolição da pena de morte, como aquela pela qual a Câmara dos Deputados se tinha tão estouvadamente engajado. Desejamos, ao contrário, todos os cuidados, todas as precauções, todas as medidas de prudência. Aliás, não queremos apenas a abolição da pena de morte, queremos um remodelamento completo das penas sob todas as suas formas, de alto a baixo, desde as grades até a faca, e o tempo é um dos ingredientes que devem entrar em tal obra para que ela seja bem-feita. Contamos desenvolver em outro ensaio sobre essa matéria o sistema de ideias que acreditamos aplicável. Mas, além das abolições parciais, para os casos de falsificação de dinheiro, incêndio, furtos qualificados, etc., pedimos que desde já, em todos os casos capitais, o presidente seja obrigado a colocar ao júri esta questão: *O acusado agiu passionalmente ou por interesse?* E que, no caso de o júri responder: *O acusado agiu passionalmente*, não haja condenação à morte. Isso nos pouparia ao menos algumas execuções revoltantes. Ulbach e Debacker seriam salvos. Não decapitaríamos mais Otelo.

Além disso, que não se enganem, essa questão da pena de morte vem amadurecendo todos os dias. Em pouco tempo a sociedade inteira a julgará como nós.

Que os criminalistas mais pertinazes prestem atenção, de um século para cá a pena de morte vem se abrandando. Ela já está quase suave. Sinal de decrepitude. Sinal de fraqueza. Sinal de morte próxima. A tortura desapareceu. A roda desapareceu.

A forca desapareceu. Coisa estranha, a própria guilhotina é um progresso!

O senhor Guillotin era um filantropo.

Sim, a terrível Têmis dentada e voraz de Farinace e de Vouglans, de Delancre e de Isaac Loisel, de d'Oppède e de Machault* definha. Está emagrecendo. Está morrendo.

Eis que a Grève já não a quer mais. A Grève também está se reabilitando. A velha bebedora de sangue conduziu-se bem em julho. Ela quer levar doravante uma vida melhor, e permanecer digna de sua última bela ação. Ela, que se prostituía há três séculos para todos os cadafalsos, o pudor a toma. Tem vergonha de seu antigo ofício. Quer abandonar seu nome vil. Ela repudia o carrasco. Ela quer lavar sua calçada.

A esta hora, a pena de morte já está fora de Paris. Ora, digamos isso com todas as letras: sair de Paris é sair da civilização.

Todos os sintomas apontam para o nosso lado. Parece também que ela está desgostosa e resmungando, essa máquina medonha ou esse monstro feito de madeira e ferro que é para Guillotin o que Galateia foi para Pigmaleão. Encaradas desse ponto de vista, as execuções assustadoras que detalhamos acima são excelentes sinais. A guilhotina está hesitando. Ela está a ponto de errar seu golpe. Toda a velha estrutura da pena de morte está se deteriorando.

A máquina infame deixará a França, nós contamos com isso, e, se Deus quiser, partirá mancando, pois nos esforçaremos para lhe aplicar pesados golpes.

Que ela peça hospitalidade fora daqui, em qualquer povo bárbaro, não na Turquia, que está se civilizando, não entre os

* Aqui novamente uma enumeração de magistrados entusiastas da pena de morte. (Cf. Roger Borderie, *op. cit.*) [N.T.]

selvagens, que não vão querer nada com ela[3]; mas que ela desça alguns degraus ainda da escada da civilização, que vá à Espanha ou à Rússia.

O edifício social do passado repousava sobre três colunas: o padre, o rei, o carrasco. Já faz muito tempo que uma voz disse: *Os deuses estão partindo!* Ultimamente uma outra voz se ergueu e gritou: *Os reis estão partindo!* É tempo agora que uma terceira voz se eleve e diga: *O carrasco está partindo!*

Assim, a antiga sociedade terá caído pedra por pedra; assim, a providência terá completado o desmantelamento do passado.

Aos que sentiram a perda dos deuses, puderam dizer: Deus fica. Aos que sentiram a perda dos reis, pôde-se dizer: a pátria fica. Aos que sentiriam a perda do carrasco, não temos nada a dizer.

E a ordem não desaparecerá com o carrasco; não pensem que sim. A abóbada da sociedade futura não ruirá por não ter mais esse medonho cunhal. A civilização nada mais é do que uma série de transformações sucessivas. A qual então os senhores assistirão? À transformação da penalidade. A doce lei de Cristo penetrará enfim no código e brilhará através dele. Veremos o crime como uma doença, e essa doença terá seus médicos que substituirão seus juízes; seus hospitais que substituirão suas galés. A liberdade e a saúde se parecerão. Passarão bálsamo e óleo onde antes aplicavam ferro e fogo. Tratarão com caridade esse mal que tratavam com ódio. Será simples e sublime. A cruz substituirá o cadafalso. Eis tudo.

15 de março de 1832

---

3. O "parlamento" de Otahiti veio a abolir a pena de morte.

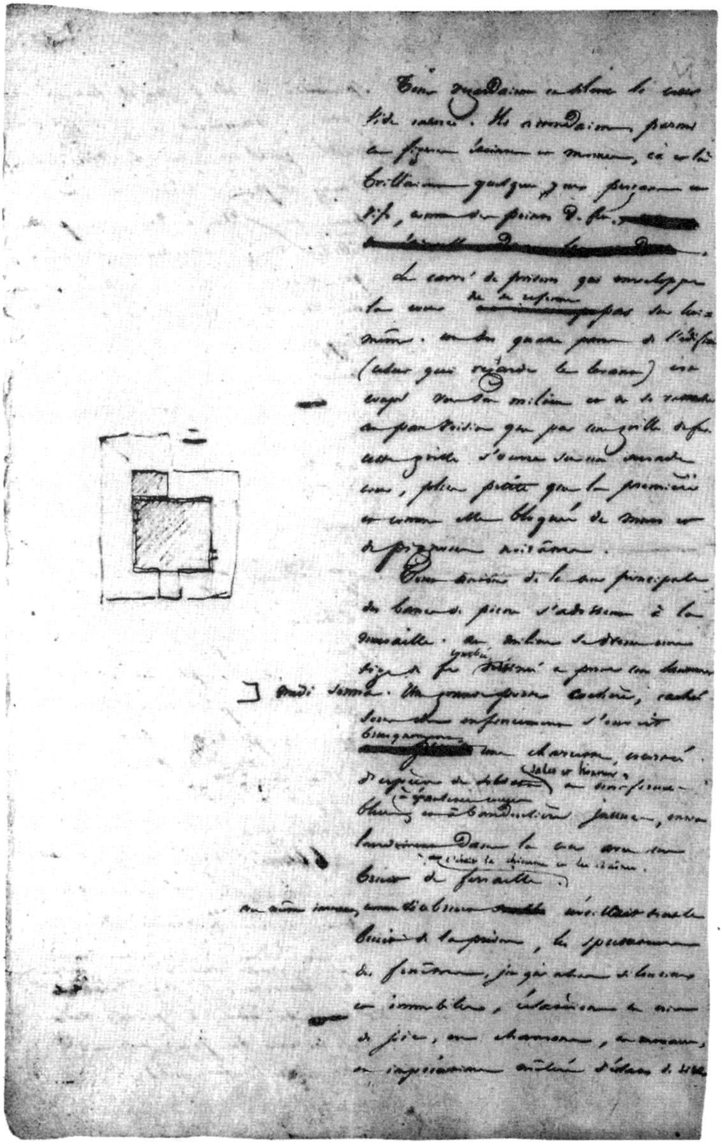

Manuscrito de Victor Hugo do *Condenado*, sobre papel vergé. Biblioteca Nacional da França, Seção de Manuscritos.

Vida e obra de Victor Hugo[1]

1802 Victor-Marie Hugo nasce em Besançon, França, em 26 de fevereiro. É o terceiro filho de Léopold e Sophie Hugo.

1809 Na primavera a senhora Hugo se instala com seus filhos na rua de Feuillantines, nas dependências de um convento de Paris. Léopold, que se tornou general de Napoleão, viaja pela Europa.

1811 A senhora Hugo e seus filhos vão ao encontro de Léopold em Madri. Ela ali permanece um ano, período no qual Victor Hugo é interno numa instituição religiosa. Sophie e as crianças retornam a Feuillantines, de onde o poeta tem maravilhosas recordações.

1812 Em março o casal se separa, e Sophie volta a viver no bairro do Val-de-Grâce com os filhos.

1816 Victor Hugo começa a se interessar pelas letras e escreve sua primeira peça de teatro, *Irtamène*, da qual alguns fragmentos podem ser encontrados em *Littérature et philosophie mêlées* [Literatura e filosofia entremeladas*, 1834]. Data deste ano sua célebre anotação: "Quero ser Chateaubriand ou nada."

1817 Victor Hugo concorre a um prêmio da Academia Francesa com o poema "Trois lustres à peine", mas a pequena idade do poeta intimida os juízes, que acabam por não lhe conferir o prêmio.

1. Um asterisco indica as obras de Victor Hugo editadas no Brasil. Na primeira ocorrência de cada obra, encontra-se entre colchetes a forma como é conhecida em português ou a tradução literal do título, quando necessária.

1818 Escreve a ópera-cômica *A.Q.C.H.E.B* e a primeira versão de *Bug-Jargal*, que conclui em quinze dias por causa de uma aposta.

1819 Fica noivo secretamente, apesar dos ciúmes de seu irmão Eugène e contra a vontade de sua mãe, de sua amiga de infância Adèle Foucher. No fim do ano funda com seu irmão Abel o *Conservateur littéraire*, revista que existirá até março de 1821. Hugo escreve o melodrama *Inès de Castro*.

1820 Em março Victor Hugo recebe uma gratificação do rei Luís XVIII por sua "Ode sur la mort du Duc de Berry" [Ode sobre a morte do duque de Berry].

1821 Sophie Hugo morre em 27 de junho. Menos de um mês depois o pai do poeta casa-se com Catherine Thomas.

1822 Victor Hugo publica suas primeiras *Odes et poésies diverses* [Odes e poesias diversas]. Em 12 de outubro desposa Adèle Foucher. Seu irmão Eugène é cometido de demência e será internado no ano seguinte. Condenação e execução na praça da Grève dos quatro sargentos de La Rochelle, episódio que será evocado em *Le Dernier Jour d'un condamné* [O último dia de um condenado*, 1829].

1823 Em julho, nasce Léopold, o primeiro dos cinco filhos do casal, que morre com apenas quatro meses. Hugo publica seu primeiro romance, *Han d'Islande*.

1824 Victor Hugo publica suas *Nouvelles Odes* [Novas odes]. Um ano depois da morte de Léopold, nasce Léopoldine.

1825 Victor Hugo é feito cavaleiro da Legião de Honra. Em maio, vai a Reims para assistir, com Alfred de Vigny, à sagração de Carlos X, onde escreve a ode "Le Sacre de Charles X". Na época, Hugo ainda é adepto da monarquia.

1826 Publicação de *Bug-Jargal**. Começa a escrever *Cromwell*, um drama em versos. Em 2 de novembro nasce Charles Hugo. Nesse mesmo mês, publica *Odes et ballades* [Odes e baladas].

1827 Publicação de *Cromwell*. No "Prefácio" [Do grotesco e do sublime*], Victor Hugo faz um verdadeiro manifesto do romantismo, engaja-se contra o classicismo e define o drama romântico. É o início de sua amizade com o crítico Sainte-Beuve.

1828 O general Hugo morre em 29 de janeiro. Em outubro nasce o segundo filho do poeta, François-Victor Hugo. O poeta e um amigo assistem à ferragem dos forçados no Bicêtre: a cena é descrita em *Le Dernier Jour d'un condamné*, que começa então a ser escrito.

1829 Publicação de *Les Orientales* [As orientais] e de *Le Dernier Jour d'un condamné*. Em agosto, sua peça *Marion Delorme* é censurada.

1830 Durante a estreia de *Hernani* acontece uma disputa memorável entre os partidários do classicismo e os jovens românticos, que saem vencedores pela quantidade de aplausos. Eles conduzem todas as noites o que ficou conhecido como a "Batalha de Hernani". Victor Hugo torna-se um dos principais representantes da escola romântica. Em julho nasce Adèle Hugo. Início do romance entre a esposa do poeta e Sainte-Beuve.

1831 Publicação de seu primeiro romance histórico, *Notre-Dame de Paris* [O corcunda de Notre-Dame*]. A Revolução de 1830 possibilita a encenação de *Marion Delorme* em Paris. A peça é um enorme sucesso. Em novembro Hugo publica Les *Feuilles d'automne* [Folhas de outono].

1832 Escreve *Le Roi s'amuse* que causa escândalo na estreia e a peça é proibida. Essa proibição valerá a Hugo defender a causa da liberdade de expressão em processo memorável.

1833 Estreia em fevereiro de *Lucrèce Borgia*, na qual atua Juliette Drouet. Em algumas semanas ela se tornará a amante de Hugo e assim permanecerá, apesar de outros casos do poeta, até sua morte, cinquenta anos mais tarde. *Marie Tudor* estreia em novembro.

1834 No início do ano Hugo escreve *Étude sur Mirabeau* [Estudo sobre Mirabeau], em março publica *Littérature et philosophie mêlées* — coletânea de textos baseados em parte nos artigos do *Conservateur Littéraire* — e em julho a *Revue de Paris* publica *Claude Gueux* [Cláudio Gueux*]. Tentativa de suicídio e fuga de Juliette Drouet para a Bretanha. Victor Hugo a segue até lá.

1835 Escreve *Angelo, tyran de Padoue* [Ângelo, tirano de Pádua], que será encenada em abril. No verão, viagem com Juliette, algo que se repetirá todos os anos até 1843. Ruptura entre Victor Hugo e Sainte-Beuve, que continua seu romance com Adèle Hugo. Em outubro, lançamento de *Les Chants du crépuscule* [Cantos do crepúsculo].

1836 Victor Hugo sofre as duas primeiras derrotas em sua aspiração a membro da Academia Francesa: em fevereiro, é preterido por Dupaty; em dezembro, por Mignet. Escreveu ainda o *libretto* para a ópera da Esmeralda

1837 Morte do irmão Eugène, que ficara louco em outubro de 1822. Publicação de *Les Voix intérieures* [Vozes interiores]. Victor Hugo é condecorado Oficial da Legião de Honra.

1838 Estreia de *Ruy Blas.* Em outubro Hugo vende à sociedade Duriez por 300.000 francos a exploração de sua obra completa.

1839 No verão, viagem com Juliette para a Alsácia, Suíça e Provença.

1840 Hugo torna-se presidente da Société des Gens de Lettres, sucedendo a Balzac. Publicação de *Les Rayons et les ombres* [As luzes e as sombras]. Terceira derrota na Academia Francesa. Hugo assiste com Juliette ao retorno das cinzas de Napoleão. O casal viaja pelo vale do Reno.

1841 Victor Hugo é finalmente eleito para a Academia Francesa.

1842 *Le Rhin: lettres à un ami* [O Reno: cartas a um amigo] é publicado em janeiro.

1843 Sua filha Léopoldine casa-se com Charles Vacquerie. Em março a estreia de *Les Burgraves* é um fracasso. A peça marca o fim do sonho de Victor Hugo, de um teatro ao mesmo tempo ambicioso e popular. Em setembro Léopoldine e seu marido morrem afogados em uma viagem pelo rio Sena. Hugo sabe da notícia por acaso, folheando um jornal num café dos Pirineus, onde está de férias com Juliette. Período de luto e desespero: Hugo deixa de escrever por quase três anos.

1845 Em abril o rei Luís Filipe assina o decreto nomeando Victor Hugo par da França. Hugo é surpreendido em flagrante delito de adultério com Léonie Biard, que é presa, enquanto Hugo consegue escapar da prisão graças a seu título de par da França.

O poeta começa a escrever *Les Misères* [As misérias], que virá a ser *Les Misérables* [Os Miseráveis*].

1848 Hugo é nomeado prefeito provisório do distrito VIII de Paris. Em junho é eleito deputado pela lista da direita. No dia 20, pronuncia seu primeiro discurso na Assembleia. Apoia a candidatura de Luís Napoleão Bonaparte à presidência da República.

1849 Em julho Hugo causa escândalo na Assembleia ao pronunciar seu discurso sobre a miséria. Apesar de ter apoiado sua candidatura, agora Hugo se opõe a Luís Bonaparte, a quem considera um tirano. Em outubro rompe definitivamente com o partido conservador depois de seu discurso sobre Roma.

1850 Em 15 de janeiro discurso violento de Victor Hugo na Assembleia defendendo a liberdade do ensino, o sufrágio universal e a liberdade de imprensa.

1851 Em julho discurso na Assembleia contra os projetos de Luís Napoleão. No fim do mês Charles Hugo é preso; em novembro é a vez de François-Victor. Violentamente contra o golpe de Estado de 2 de dezembro, Victor Hugo tenta em vão organizar uma resistência. Em dezembro, munido de um falso passaporte, parte para Bruxelas. Seu exílio durará até a queda de Napoleão III (1870).

1852 Em janeiro Luís Napoleão Bonaparte assina o decreto de expulsão de Victor Hugo. Este lhe responde publicando em agosto *Napoléon le Petit* [Napoleão, o Pequeno*]. No mesmo mês, Hugo se instala na ilha de Jersey.

1853 Em setembro, primeira sessão espírita de Hugo, durante a qual Léopoldine fala com ele. Publicação de *Les Châtiments* [Os castigos]. Os primeiros 98 poemas da obra descrevem sua cólera e indignação diante do golpe de Estado de Luís Napoleão Bonaparte.

1854 Escrita de *Fin de Satan*. Durante esse ano, um dos mais produtivos de sua vida, Hugo escreve milhares de versos que mais tarde farão parte de antologias como *Les Contemplations* [As contemplações], *Les Quatres Vents de l'esprit* [Os quatro ventos do espírito], *Toute la lyre* [Toda a lira], etc.

1855 Em 12 de abril Hugo já escreveu 1.644 versos de seu poema *Dieu* [Deus]. As autoridades de Jersey expulsam Victor Hugo em outubro, que troca essa ilha pela de Guernesey, onde viverá exilado por mais quinze anos. Escreve sua "*Lettre à Louis Bonaparte*" [Carta a Luís Bonaparte].

1856 Lançamento de *Les Contemplations* em Bruxelas. Com seus direitos autorais, Hugo compra a Hauteville-House, uma casa grande à beira do mar. Em dezembro sua filha Adèle, que suporta o exílio com dificuldades, fica gravemente doente.

1857 Em março o editor Hetzel diz a Hugo que não publicará *Dieu* nem *Fin de Satan*; e cobra *Les Misérables*. No outono, o poeta escreve uma parte de *L'Âne* [O jumento].

1858 Victor Hugo completa *La Pitié suprême* [A piedade suprema], publicada apenas vinte anos depois. O poeta fica gravemente enfermo em julho, tendo de ficar acamado por um mês.

1859 Napoleão III concede anistia aos proscritos republicanos. Victor Hugo recusa-se no entanto a retornar à França. Em setembro publica *La Légende des siècles*.

1861 Em março Hugo deixa Guernesey pela primeira vez para ir à Bélgica. Volta para Guernesey em setembro sem o filho Charles, que prefere ficar no continente. Victor Hugo assina com o editor Lacroix o contrato de *Les Misérables* (300.000 francos). No Natal, recebe em sua casa o tenente Pinson que sua filha Adèle apresenta como noivo dela.

1862 Em abril a primeira parte de *Les Misérables* é publicada em Paris. As partes dois e três serão publicadas em junho.

1863 Publicação em Paris de *Victor Hugo raconté par un témoin de sa vie* [Victor Hugo narrado por uma testemunha de sua vida*], livro escrito por sua esposa em colaboração com Auguste Vacquerie, velho amigo e cunhado de Léopoldine. Em junho Adèle Hugo foge para Halifax para onde foi transferido o tenente Pinson: começa o delírio da filha de Victor Hugo, que desaparecerá e só será encontrada em 1872.

1864 Publicação de *William Shakespeare**, a biografia do poeta inglês.

1865 Morre a noiva de François-Victor. Ele e sua mãe deixam Guernesey para se instalar em Bruxelas com Charles. Em outubro, Victor Hugo assiste ao casamento de Charles com Alice Lehaene. Lançamento de *Les Chansons des rues et des bois* [Canções das ruas e dos bosques].

1866 Publicação de *Les Travailleurs de la mer* [Os trabalhadores do mar*]. Hugo escreve as peças *Mille francs de récompense* [Mil francos de recompensa] e *L'Intervention* [A intervenção].

1867 Em 31 de março nasce Georges Hugo em Bruxelas, filho de Charles: Victor Hugo é avô pela primeira vez. O poeta termina a peça *Mangeront-ils* [Eles comerão?]. Em maio, publicação de *Paris-Guide*. Em junho, reprise de *Hernani* em Paris; em dezembro a reprise de *Ruy Blas* é proibida pelo governo imperial.

1868 Morte do neto. Alguns meses depois sua esposa também falece. Porém, em agosto nasce um segundo neto, um novo Georges.

1869 Publicação dos quatro tomos de *L'Homme qui rit* [O homem que ri]. Victor Hugo escreve a peça *Torquemada* e também *Welf, Castellan d'Osbor* (que ele destina à antologia *Théâtre en liberté*). Em setembro o poeta preside, em Lausanne, o Congresso da Paz. Nasce sua neta Jeanne.

1870 *Lucrèce Borgia* é reencenada em Paris. Um dia depois da proclamação da República, em 4 de setembro, Victor Hugo é acolhido triunfantemente em Paris. Em 20 de outubro, lançamento da primeira edição francesa de *Les Châtiments*.

1871 Líder dos republicanos em Paris, Victor Hugo é eleito deputado. Em fevereiro, parte com sua família para Bordeaux, onde a Assembleia Nacional irá se reunir. Em 8 de março, pede demissão no meio de uma sessão da Assembleia. Cinco dias depois, morte súbita de Charles Hugo em Bordeaux. Victor Hugo perde as eleições de julho.

1872 Victor Hugo é vencido mais uma vez nas eleições. Sua filha Adèle é encontrada em Barbados onde vivia como mendiga, tendo seguido o tenente Pinson, com quem tem delírios amorosos. Ela é internada no hospício de Saint-Mandé, onde morrerá em 1915. Publicação em abril de *L'Année terrible* [O ano terrível]. Em agosto, Hugo volta para Guernesey. Começa a escrever *Quatre-Vingt-Treize* [Noventa e três*].

1873 Morte de seu segundo filho, François-Victor, doente há quase um ano.

1874 Publicação de *Quatre-Vingt-Treize* e de *Mes Fils* [Meus filhos].

1875 Publicação dos dois primeiros volumes de *Actes et Paroles* [Atos e palavras], "Antes do exílio" e "Durante o exílio".

1876 Eleito senador em Paris. Intervém no Senado em favor da anistia aos participantes da Comuna de Paris. Em julho, publicação do terceiro volume de *Actes et Paroles*, "Desde o exílio".

1877 Publicação da segunda série de *La Légende des siècles*, de *L'Art d'être grand-père* [A arte de ser avô] e da primeira parte da *Histoire d'un crime* [História de um crime*].

1878 A segunda parte da *Histoire d'un crime* é publicada, assim como *Le Pape* [O papa]. Em fim de junho Victor Hugo é vítima de uma congestão cerebral. Em julho parte para Guernesey e em outubro tem uma recaída. Volta para Paris e se instala em sua última morada, na avenida d'Eylau. Ele praticamente para de escrever.

1879 Publicação de *La Pitié suprême*. Em 28 de fevereiro, nova intervenção no Senado em favor da anistia.

1880 Publicação de *Religions et religion* [Religiões e religião], escrito em 1870. Publicação de *L'Âne*.

1881 Uma imensa homenagem é feita a Victor Hugo em 27 de fevereiro, em seu octogésimo aniversário. Seiscentas mil pessoas — colegiais, operários, parisienses de todos os horizontes — desfilam durante todo o dia sob suas janelas, deixando a avenida d'Eylau coberta de flores. A avenida será rebatizada no mesmo ano como avenida Victor Hugo. Em maio, publicação de *Les Quatre Vents de l'esprit*. Victor Hugo escreve seu testamento pedindo a entrega de todos os seus manuscritos à Biblioteca Nacional.

1882 Reencenado de *Le Roi s'amuse*.

1883 Em 11 de maio morre Juliette Drouet. Em julho, publicação do terceiro tomo de *La Légende des siècles*. Em outubro, publicação de *L'Archipel de la Manche* [O Arquipélago da Mancha].

1885 Victor Hugo é vítima de uma congestão pulmonar e morre em 22 de maio. O governo promove exéquias nacionais. Em 1º de junho, uma multidão de mais de um milhão de pessoas lhe rende homenagem gritando "Viva Victor Hugo".

Compilado por Joana Canêdo

CLÁSSICOS DA LITERATURA MUNDIAL NA ESTAÇÃO LIBERDADE

HONORÉ DE BALZAC

Ilusões perdidas
A mulher de trinta anos
O pai Goriot
Eugénie Grandet
Tratados da vida moderna

A. VON CHAMISSO

A história maravilhosa de Peter Schlemihl

GUSTAVE FLAUBERT

Bouvard e Pécuchet

J. W. GOETHE

Os sofrimentos do jovem Werther

VICTOR HUGO

Notre-Dame de Paris
O homem que ri
Noventa e três

XAVIER DE MAISTRE

Viagem à roda do meu quarto

STENDHAL (HENRI BEYLE)

Armance

ÉMILE ZOLA

Thérèse Raquin
O Paraíso das Damas
Germinal

CHARLES DICKENS

Um conto de duas cidades

GUY DE MAUPASSANT

Bel-Ami

MIGUEL DE UNAMUNO

Névoa

THEODOR FONTANE

Effi Briest

E.T.A. HOFFMANN

Reflexões do gato Murr
O reflexo perdido e outros contos insensatos
Os elixires do diabo

RESTIF DE LA BRETONNE

As noites revolucionárias

ESTE LIVRO FOI COMPOSTO EM GATINEAU CORPO 10,6 POR 15
E IMPRESSO SOBRE PAPEL OFF-SET 90 g/m^2 NAS OFICINAS DA
MUNDIAL GRÁFICA, SÃO PAULO — SP, EM MAIO DE 2024